KB237291

문학과지성 시인선 388

키르티무카

함성호 시집

문학과지성사

문학과지성사에서 펴낸 함성호의 시집

56억 7천만 년의 고독(1992)
성 타즈마할(1998)
너무 아름다운 병(2001)
타지 않는 혀(2021)

문학과지성 시인선 388

키르티무카

초판 1쇄 발행 2011년 2월 28일
초판 2쇄 발행 2023년 1월 17일

지 은 이 함성호
펴 낸 이 이광호
펴 낸 곳 ㈜문학과지성사

등록번호 제1993-000098호
주   소 04034 서울 마포구 잔다리로7길 18(서교동 377-20)
전   화 02)338-7224
팩   스 02)323-4180(편집)   02)338-7221(영업)
전자우편 moonji@moonji.com
홈페이지 www.moonji.com

ⓒ 함성호, 2011. Printed in Seoul, Korea

ISBN 978-89-320-2190-4 03810

지은이는 2008년 한국문화예술위원회가 지원한 창작지원금을 수혜했습니다.

문학과지성 시인선 388

키르티무카

함성호

2011

어머니의 살을 함께 나눈
내 육친들, 吉과 柱와 玉과 淑에게

시인의 말

얼마나 사랑했으면, 얼마나 사랑했으면,
불멸의 神임에도 불구하고 죽었을까?
칼립소여!
불멸을 멸한 것이 아니라,
아무도 연주할 수 없는 악보로
불멸이 멸했으니

2011년 2월
함성호

키르티무카

차례

금종가(金鍾架) 하나를 동편에 두고 옥경가(玉磬架) 하나는 서편에 두는데, 모두 다 북쪽을 향하여 둔다. 축(祝) 하나를 금종 북편에서 약간 서쪽으로 치우쳐 두고, 어(敔) 하나는 옥경 북편에서 약간 동쪽으로 치우쳐 둔다. 박부(搏拊)가 둘인데 하나는 축의 북쪽에 두고, 하나는 어의 북쪽에 두고 동서에서 서로 향하게 한다. 1현금, 3현금, 5현금, 7현금, 9현금이 각각 하나씩이며, 슬(瑟)은 둘인데 하나는 금종의 남쪽에서 서편을 위로 하여 두고, 또 하나는 옥경의 남쪽에서 동편을 위로 하여 둔다.[1]

1. 검은 말씀

역주

이 와):여기서 필자가 영어로 기쁨을 뜻하는
단어(눈이 와) 'a delight' 대신 'a de-light'를
사용한 것은 달마의 전설과 관계가 깊다. 달마는
득도(得道)를 위한 수행 기간 동안(눈이 와)
내적 인식의 눈을 갖기 위하여(눈이 와) 자신
의 눈꺼풀을 잘라내었다고 전한다. 그 결과(눈
이 와) 그는 외부 세계를 볼 수 있는 눈, 즉 빛
을 빼앗기지만(de-light) 그 대신에(눈이 와)
도에 이르는 기쁨(delight)을 얻게 된다. 그러므
로 'de-light'는 빛을 잃는 동시에(눈이 와)
기쁨을 얻는다는 이중 의미로 쓰여졌다.[①](눈

---

① 관 객 의 꿈 : 차 학 경 1951-1982
The Dream of the Audience : Theresa Hak Kyung Cha

콘스탄스 M. 르발렌 엮음
김현주 옮김

죽음을 자신의 잠 속으로 초대할 수 없다면 한 이야기꾼은 영원히 불면의 밤과 낮을 겪게 될 것이다

아니면 술과 마약이거나

▶**시작 메모; 세헤라자데의 불면**—세헤라자데는, 노예와 육욕에 빠진 왕비 때문에 심한 여성 혐오증을 보이는 왕 앞에서 살아남기 위해 이야기를 시작한다. 이야기는 죽음 앞에서 시작되었고, 마침내 1001일의 마지막 밤, 이야기의 끝과 동시에 죽음의 운명도 끝난다. 죽음(왕)이 이야기꾼에게서 그 어둠을 거두어내자마자 이야기의 죽음이 드러난다. 1001일의 밤 동안 끝없이 이야기를 이어나간 세헤라자데는, 낮 동안 무엇을 했을까? 아마도 세헤라자데는 이야기를 찾아 시장을 뒤지고 다녔을 것이다. 그러니까, 한잠도 없는 1001일 동안의 불면. 한 이야기꾼의 불면. 이야기꾼의 죽음으로만 이어지는 이야기—언제나 다시

처음으로 돌아와야 하는 끝나지 않는 이야기

생의 바깥에서 다시 출렁일

황홀한 죽음일

링

반

데

룽[2]

1

참을 수 없는 의혹과 의심으로 그 나무의 옆구리를 만져보았다 숨길 수 없는 깊은 상처 ─, 나는 나무가 자신의 상처를 무덤으로 부활을 꿈꾸고 있구나 생각했다 나는 엎드려 나무의 뿌리에 입 맞추고 싶었으나 그 나무가 나를 거절했다 이 멸시는 당연한 일이었고, 그때 내 머릿속으로 폭풍이 지나갔다(나의 내부는 벌판에 선 나무처럼 심하게 흔들린다)

2

그 치욕을 보관해둔 게 있다

자꾸 귀에서 파도 소리 같은 환청이 들려 손가락을 넣어 만져보았더니 지난여름

낙산 바닷가의 모래알이다

(여름의 호수가 멀리멀리로 보낸 동심원을 나무는 고스란히 간직하고 있는 걸까)─그 출렁이는 무덤의 중심에서 ─지저귀는 겨울의 새여,

너는 아직도 너에게서 소년을 보느냐?

3

나뭇가지

가지에서 번져오고 있는
저 반복되는 재생의 문양에서 나는,
나를, 무한의 얼굴을 보고 있다

4

길은 어디에 있는가?와
나는 어디에 있는가?가 서로 기우뚱거리며
그렇다면 언제인가?를 찾고 있다

5

나는 스스로 여기에 당도했고, 누군가에게 이끌려
여기에 왔다
(누가 시킨 것인가?)
드넓은 경계가 때로는
안개에 덮힌 낮은 관목 지대의 신기루처럼
무지의 그늘 속으로 사라졌다
                    나타난다

6

아, 저기 안개의 뒤에서 먼저 갔던 내 목소리가 들
린다(조금만 더)

7

내 안의 무한이여,
곧고; 平, 쉬운; 易
어느 한 풍경을 사랑하고 있구나

8

—어느 날인가
너는 CD에 얼굴을 비추며
화장을 하고 있었다

9

너는 누구이냐? 네가 내 등 뒤의 거울을 바라보았을
때 너의 눈은 처음 보는 미지였다
자기를 바라보는 눈은 의심이거나 심연이다
(왜 깊고 넓은 것들은 모두 어두운 걸까?)

10

산벚나무 아래 누워 —폭죽처럼 피었다 지는 꽃잎과 먼
　　　　　　　　　　산봉우리의 눈이
　　　　　　　　흰 모래 해변까지 날리는, —눈발인지

　　　　　　　　　　　　　　꽃비인지

헤아릴 수 없어 나는 그만, 눈(이 와)

　　　　　　　　을 감는다

11

너도 알겠지만

나는 오래전부터 이 거울을 사모했다 옛날 옛날, 아
주 오랜 옛날부터

거울 속에는 古代의 나의 애인이

이렇게 가까이에서 나를 보고 있었다

거울 속에서 거울 속으로

(눈이 와)

너의 정면에서

12

청동거울이여!

나는 언제나 무한과 무한의 바깥에 있다

그 오랜 시간 동안에도

아직 내가 모르고 있는 것이

이 뒷모습의 사람이다

검은 말씀: 그 기원에 대해서는 이야기하지 말자(그
러나 기원에 관한 한 정신은 만족을 모른다[3])

'나는 있었다' 존재함으로 생각했다 COGITO는
OTIGOC, —이 히브리식의 작난을 용서한다면— 곧
신은 존재 자체가 사유의 형식을 입게 되어 있으므로

　그래서 나는 생각했다 영원과, 창조와 두려움과, 외로움에 대해서, 이윽고 내가 말씀으로 나타나기를 마음먹었을 때 나는 내가 (무엇에 의해) 드러나고 있다는 것을 알았다 나의 말씀과 동시에 드러나는 무엇
　나는 말하면서 말해지고 있었다 그리면서 그려지고 있었다 그때, 나를 그리고 있는 자의 검은 말씀[2]이 부러졌던 때 더 이상 나는 그려지지 않았다 나는 그려질 수 없었고, 그제야 말은 이성이 되었다(그 슬픔을 지금도 나는 악몽으로 꾸고 있다)

> 꿈 이야기: 어느날 신은 말했다. "내가 있다." 그러자 신은 두려움을 느꼈다. 왜냐하면 신은 '내가 있다'고 발설하는 순간 영원을 인식했기 때문이었다. 그래서 신은 "왜 내가 두려워하느냐? 존재하는 것은 나뿐인데" 하고 생각했다. 그러고 나니 이번에는 외로워졌다. 다른 하나가 더 있었으면 하는 욕망이 일었다. 결국, 신은 각각 남성과 여성 둘로 나뉘어 이 세상을 낳게 되었다.[4]

▶**시작 메모 ;** M.C.Escher「drawing hands」— 그는 인간이라고 자신을 밝혔다. 그가 자신을 규정하자마자 나는 反인간이 되었다(나는 태어나자마자 사라질 운명이었고, 사라져간다). 나는 눈이 없어 선악을 구분 못하고 ,마음이 없어 잔인하며, 다리가 없어 관여하지 못하고, 몸이 없어 드러내지 못한다. 나의 잔인함은 전지전능의  손만 가지고 있는 자의 실패의 기록이다. 그래서 가엾지 않은가? 무책임한 생명들이여, 어차피 무책임하게 태어난 생명들이니 서로 아끼고, 용서하시길. 서로의 생일도 서로 축하해주며, 이 슬픈 운명들을.

──────────

② 야훼의 천지창조가 밝은 말씀에 의해 이루어졌다면 데미우르고스 Demiurgos의 천지 창조는 '검은 말씀'에 의해 이루어졌다.

아테오스(atheoes; 신에게서 버림받은, 신 없는)—
바다는 뭍의 욕망을 처음 보았다 고성—양양—삼척이
불타는 지도의 광경
　그리고 그 파경의 욕망을 장엄(莊嚴)하는 천년 고찰
낙산사의 다비식이
　삼매의 불빛을 바다에 드리우는
　다시 광경—, 그리고 큰 도약으로
　　　　　　　길을 건너뛰는 불의 휘파람 소리
삐이—남조선의 척추가 불타고 있다
말해지던 모든 깨달음의 거울이
일제히 깨어지고 아직
자본주의의 삶을 익히지 못한 숲을 달리며
불은 스스로의 욕망을 소거하며 확장한다

13

세상은 점점 더 천박해지고
우리는 점점 더 가난해진다
피와 열정으로 한 세기를 이룩했건만
광경이 곧 저, 지경이다

14

민주주의는 고귀한 악몽일 뿐이고
문명은 언제나 숲을 장식처럼 달고 다닌다
정신은 자연보다 늦게 온다고 철학은 얘기하지만,
자연은 분명 신에게서 버림받은 정신이다
(신은 왜 우리에게 한 번에 하나씩 질문하지 않는가?)
인간의 진화가 돌연변이의 사건이듯이
모든 것은 우연이고
       우연은
       우연의 고리를 끊고 말해지는 질문 앞에
서만 필연이다(그러니 모든 말은 대답에 한해서만
오류이다)[5]

15

수많은 사리의 결정을 길러낸
천년 동안의 몸이 불타고, 무너져/스러지고,

아직도 희망을 일삼는 자들은 모두
이미 강 건너에 있다

16

인간은 모든 동물에게 복종을 의미하는
가장 굴욕적인 자세로 매일 잔다
지금, 여기
나에게 있어 굴욕은
삶을 횡단하는 꿈일까?
아니면 삶의 자세일까?
이제 우리가 스스로를 폐기할 시간이다

17

다리도 버리고, 소리도 버린 뱀처럼
뱀의 고독처럼, 나는 기다렸다
눈뜨면? 지옥이다

18

잘 알았던 무엇과 무엇이
친했던 그것과 그것이
늘 내 것이었던 이것이
부르면 오리라 했던 저것이

이제는 안개 속에서 흐릿해져
어떤 것이 어떤 것인지
(그런 건지)
마음은 미안한지
바깥은 쓸쓸해졌네

(어제를)
그것이었던, 무엇을
그거였던, 왜를
움직일 수 없었던, 아무거나를
꼭이었던, 되는대로를
애지중지였던, 아무렇게나를
필사적이었던, 그럭저럭을
너를

나는 이제
너의 기억 말고는
아무것도
말할 수 없게
되어

(버렸네)

저 울부짖는 솥 안; 노새여, 길의 노예이며 영혼인—

, 이 불쌍한 것아, 이 불쌍한 것아, 빨리 저 고개를 넘어 너의 객지로 가자

빛의 풍차를 돌리는 툰드라의 바람처럼 죽음의 전쟁
터를 떠도는 고민에 찬 순례자여,

칼은 흙에 묻혀 있고, 흙은 불을 피우고 있다

이 캄캄한 숲, 불의 어둠을 보라

거기에는 늙은 벙어리가 부러진 단검을 들고 열한
줄기의 강[6]에서 떠온 물로

빈 제단을 씻고 있다 나는 불 속에서 자라 이미
　　　　　　　　귀를 태우고 눈을 밝히는 아름다움을
　　　　　　　　보았다

지옥의 사계절을 견딘 편백나무는

시방 병중이다

이 어두운 솥 한가운데

아비를 죽인 호수에 빠진 아들들의 절규

인과의 그물에서 솟아오르는 이름들

스스로 불을 끌어당겨 순간의 환락을 보는

숲의 이름처럼 푸른,

푸르게 늙어 있다

닳은 실오라기처럼 수없이 갈라진 한 마리 뱀의 혀가

내 귀를 핥자 나는 귀(가 피어난다)

　　　　　　　기울여 장미의 정원에서 듣는다

　　　　　　　그리고 하나, 둘, 나와 같이 열중

하는 다른 존재들에 대해서 알아챈다

19

불은 어떻게 타오르는가?
경멸의 처녀[7]
무수한 이름으로 불리고 있을 이 상상의 고원에서
누가 미리 세상의 아침과 저녁을 노래하는가?

들어라, 참나무에 박힌 상아처럼 빛나게
먼 곳의 불처럼 조용히
황금의 날들이 지고 있음을
(그리고, 등에 짐을 가득 실은 노새가 지나간다)

20

—이 어둠은 무엇을 사로잡고 있는가?
이 어둠에 사로잡혀 나는
어디로 가고 있는가?—

21

음악은 다시 첫 음을 변주하고
나는 사랑 앞에서 전전긍긍한다
바위처럼 딱딱한 체념과
추위처럼 스미는 그리움

한참을 가다 다시 돌아오고 마는
기어코 파도여, 후회여
너를 위해 불렀던 나의 노래들은
모두 의미 없는 이름들
언제 마지막 음이 이루어지고
나는 나의 죽음을 볼 수 있는가?

입만 열면 미친 노래들이
흉흉하게 악기를 울리고
아무리 들여다봐도 저
빈 항아리의 속을 알 수 없으니
정말

다시 올 나의 죽음은
아름다울까?

루바토

간관(諫官)이 상언(上言)하였다

"경서(經書)에 "하늘의 노여움을 공경하고 두려워하여 감히 즐거이
놀지 말고, 이 시기에 보전해야 된다" 하였사온데, 삼가 살피니, 작년
에는 수재(水災)와 한재(旱災)가 서로 잇달아 발생하여 백성들이 그 업
(業)을 잃고 유망(流亡)하여 굶주리는 사람이 많았고, 금년에 이르러
봄부터 여름이 다 가도록 볕만 쪼이고 비는 오지 않아 천 리 땅에 초목
이 자라지 않고, 이미 씨앗을 뿌릴 시기를 놓쳤으니 보리 수확도 없게
되어 무릇 탄식하지 않는 사람이 없습니다. 전일에는 폭풍이 크게 일
어, 불이 번져 일백여 가구를 태웠으니 이는 다 저 신성한 방풍림이 기
근에 말라 죽어가기 때문에 일어난 일입니다."③

그리하여 어부림의 청중들은 이 난데없는 기근을 해결하기 위해 서
른 명의 젊은이들을 뽑아 새 왕을 찾는 여행을 시작하게 했고, 마을의
승려들에게는 스스로 미이라가 되어 이 재난을 물리칠 부적이 될 것을
요구했다

---

③ 조선왕조실록(朝鮮王朝實錄) : 太祖 14卷, 7年〔1398년 戊寅/명 홍무
  (洪武) 31年〕 5月 3日 (己酉) 네번째 기사를 변형

2. 어부림의 청중들

투비트,—상상하는 모음 훈련

투비트투비트나는투비트가젤이뻐투비트투비트투비트
가좋아투비트투비트투비트깔리며움직이네투비트
투비트투비트뚜벅뚜벅걸어오네 투비트투비트투
비트투·비·트·투·비·트·투·비·트·투·비·
트·가·제·ㄹ·이뻐·투·비·트·투·비·트·투·
비·트·투·

ㅂ·ㅣ·ㅌ·ㅡ·ㅌ·ㅜ·ㅂ·ㅣ·ㅌ·ㅌ·ㅂ·ㅌ·ㄱ·ㅏ·ㅈ·ㅔ·ㄹ·ㅈ·ㅗ·ㅎ·ㅏ
ㅌ·ㅂ·ㅌ·ㅂ·ㅣ·ㅌ·ㅌ·ㅂ·ㅌ·ㅌ·ㅂ·ㅌ·ㅌ·ㅂ·ㅌ·ㅌ·ㅌㅂ·ㅂ
ㅌ·ㅌ·ㅂ·ㅌ·ㅌ·ㅂ·ㅌ·ㄱ·ㅏ·ㅈ·ㅔ·ㄹ·ㅇ·ㅣ·ㅃ·ㅓ·ㅌ·ㅂ
ㅌ·ㅌ·ㅸ·ㅌ·ㅌ·ㅸ·ㅌ·ㄱ·ㅈ·ㄹ·ㅇ·ㅃ·ㅌ·ㅸ·ㅌ·ㅌ·ㅸ·ㅌ·ㅌ·ㅸ
·ㅌ·ㄸ·ㅸ·ㄸ·ㅸ·ㄱ·ㅇ·ㅇ·ㄴ·

〈訓民正音解例〉—'ㅣ'는 그 모양이 서 있음은 사람을 본뜬
것이다. 'ㅣ'만이 홀로 자리와 수가 없는 것은, 대개
사람은 무극의 정수와 음양오행의 정기가 묘하게 어울
리어 엉긴 것으로서, 본디 일정한 자리와 성수를 가지
고 논할 수 없기 때문이다. 이것은 가운뎃소리 속에
또한 스스로 음양, 오행, 방위의 수가 있음을 말한 것
이다.

aaa ooo zeophazazzzaïeozaza eee iii zaieozoakhoe
ooo uuu thoêzaozaezêêêzzêêzaozakhozaêk
heudêtuxuaalethukh④

---

④ 영지주의의 한 분파인 곱트 파의 「예우 1서」에서 예수는 그의 제자
들에게 열등한 천사들이 지키고 있는 비가시적인 세계의 모든 단계
를 무사히 통과할 수 있는 주문을 내리고 있다.

1

바깥에 있다
밝은 가슬, 겨슬, 봄, 여름이고 저녁
이발소 바닥에 내려앉는 유년의
잘린 머리카락처럼
지금 낙우송 붉은 잎들은
지고 있다

소리 없이 가라앉고 있는
바깥의 풍경
(눈이 와)
바깥은 나를 있게 하고
        나는 바깥을
        상상하고 있다
        그리고
그는 나에 대해 말이 아닌,
내가 잘 알아들을 수 없는
        낯선 말로
        나를 상상하고 있다

나는 바깥의
사유로 인해 접혀져 있다
소리 없는 세계의 장엄과

함께 있다

사방(四方)을 잃다

지금 푸른 바다 위에 떨어진
이 어둠은
어느 구름의 그림자이냐?
너무 멀어서 알 수 없구나
남해 물건리 어부림 숲이여!
환한 호박 꽃잎 속에 갇힌 벌처럼
죽고 싶어라, 죽고 싶어라

사방(四方)을 잃다

봄은
어떤 죄의식으로 꽃을 피우는 걸까?
살구나무 아래 세워둔 은색 승용차는
바다가 보이는 언덕에서
부정한 떡을 나눠주던 흰 꽃상여처럼
어지럽게 장식 받고 있다
바다가 보이는 언덕에서
시든 꽃 같은 흰 떡을 받은 적이 있다
처참하게 피었구나

四方을 잃고 입안은 사막 같아라
갈증으로
먹지 못하고 들고 서 있던
바다가 보이는 음식점
꽃상여 옆에서
새끼줄로 허리를 묶고 서 있는 죄인들
서약의 피를 버린 숲
잎과 잎 사이에서
무성함에서 우거짐으로
지상으로 밀고 들어오는 빛
바다가 보이는 음식점
눈부신 빛 속에서 터져
환하게 밝아오는 아픔과 후회여
오! 나는 지금 절기의 부작용 속에 있다
봄으로,
차마와 감히의 두통과 초조함으로
늙고 초췌해라,
참혹한 계절이여

자살자들: 담배 회사 건물에서조차 금연을 강요당하
다니(이제 나에게 담배는 저항이고, 저항의 상징이다),
참—술만 남았다 (모든 종교를 다 샤머니즘으로 받아
들이는) 우리가 왜, 아메리카 청교도들의 엄숙주의를

섬겨야 하는가? 나는 환경주의자들의 에코토피아도 믿
지 않는다
　항상 강력한 유토피아는 오늘의 위기를
　내일의 재앙으로 밀어붙이는 버릇이 있다
　유다 복음서 이전에도 나는 이 세상이 신에 의해서가
아니라, 불완전한 조물주의 실패작인 걸 알고 있었다

> 데미우르고스demiourgos는 우리가 살고 있는 물질세
계를 창조하는 신을 플라톤적 맥락에서 부르는 이름이다.
영지주의에서는 인간은 불완전한 창조자에 의해 창조되어,
불완전한 육체에 갇히게 되었다고 본다. 이 불완전한 창조
자가 데미우르고스이다. 감각적 우주 안에 생겨난 모든 것
은 데미우르고스가 (이미 있는) 질료들을 가지고 신적인
능력으로 창조를 이루었다. 데미우르고스는 천체를 조종함
으로써 말씀Logos을 가지고 있지 않은 자연으로 하여금
세상의 피조물을 산출하게 하였다. 그러므로 피조물의 세
계는 먼저 자연이 지배하는 세계요, 감각적 세계는 데미우
르고스가 지배하며 우주는 신의 섭리로부터 빚어진 절대자
에 의해 지배된다.

2

　그래서 나는, 미친 시인과 미친 철학자 들이 좋다
진정한 철학의 끝은 세계에 대한 절망과 직면하게 마
련이고
　그 모순 앞에서
　아파트에서 떨어져 내리고, 마누라의 목을 조르고,
권총을 입에 물고 방아쇠를 당기는 것은 당연하다

시인은 미치지 않고서는 살 수가 없는 자들이고 철
학자는 자살로, 이 미친 삶을 최종적으로 증명한다[5]
　　모순 앞에서의 노래와
　　모순 앞에서의 죽음

3

가장 아름다운 길을 따라가라

4

고요히 ─, 아무도 없는 빈집에 스며들어
길이 몸인 뱀처럼
자고 싶다

천박하고, 천박하고, 천박해라; 거짓말들, 뻔뻔스러
움, 파렴치 ─ 도둑들과 사기꾼들과 살인자들의
　　오늘
　　전통도 없고
　　부흥도 없는
　　배신과 사이비가 판치는

─────────────────

[5] 끝까지 살아남은 철학자의 집은 이미 관 속이다. 한국의 철학자들은
자살하지 않는다. 그들이 무엇을 연구하든 그건 다 (동양철학이기
때문이 아니라) 동양적 태도 속에서 이해되기 때문이다. 동양철학에
서 모순은 없다. 자연은 완벽하다.

더럽고 욕지기나는

오늘
사랑이라니,
약속이라니,
어여쁘다니,

이 흉악한 놈들아

5

니 말이 사실이라면
내 열 손가락에 불을 켜고
칼을 입에 물고 하늘로
올라가겠다

어머니, 제발
이제 저의 장수는
빌지 마세요

6

돈을 탕진하고, 육신을 탕진하여
자신의 죽음을 장식하는 이의 삶은 얼마나 아름다운
가—

당신들의 바깥 ;—나는 축축하고 어두운 동굴 속에서 바람과 태양의 즐거운 바깥을 들으며 곡기를 끊고 나의 죽음을 기다릴 것이다 그러니 체제여 제발, 나에게 국민연금 내라고 자꾸 비문학적인 엽서나 보내지 마라 나는 한탕을 꿈꾸다 굶어 죽을지언정 연금 생활자는 되지 않겠다

7

나는 저 초원의
사슴과, 자작나무와, 창공의 새들에게만
끓어오르는 나의 노래를 납세하겠다
나는 근대의 서류에 사인한 적 없으므로 나를 당신들의 안전선 밖에 남아 있도록
내버려두라
거리에서, 허공에 대고 맹렬하게 울부짖는 광인의 분노와 그들이 보고 있는
당신들의 시선 너머에 있는 다른 곳
혹은, 술과 기타 앞에서만 자유로운 영혼들
제발

8

나는 소주 한 병을 다 마시고 맥주 한 캔을 운전대

옆에 꽂고 안개에 덮힌 자유로를 질주하고 싶다 취기
와 분노와 속도가, 풍경이, 뭉개지고 섞이어, 동서남
북, 위아래의 구분이 없어지는 무중력의 완전한 상태
가 나는 좋다 함께 사는 세상을 위한 기부금, 천 원이
면 이 아이가 살 수 있다고 내미는 흑백사진, 저를 도와
주시려거든, 제발 무엇이든 제 손에 쥐여주세요 마약은 인생의
무덤이라는 충고,
　다아 필요 없다

9

나에게는 당신들의 바깥에 있을 자유가 있다
그 무엇도 거기에 끼어들 수 없다
만약, 그러하시다면……,
죽여버리리라

과자와 설탕을 실은 장난감 열차

누나를 따먹고 말았어요 골프채로
아버지한테 죽도록 맞았지요
아버지의 눈이 이해할 수 없는
광기로 번득이는걸 보았어요
어머니는 주저앉아 울지도 못했지요
누나는 아파트 베란다에서 몸을 던졌어요
열한 살 때 쓰레기통에서 누나의 피를 처음 보았지요
골프채로 아버지를 죽였어요
실수였어요, 내 인생이 원래 그렇지요
어머니, 불쌍한 어머니
아무도 당신을 사랑하지 않았어요
난 아직도 내가 뭘 잘못했는지 모르겠어요
사람들은 다 알고 있나요?
왜 그녀를 사랑하면 안 되는 건가요
다른 사람들도 그러나요?
권총이 있으면 좋겠어요
내 머리통을 날려버리고 싶어요
달콤한 아이스크림과 부드러운 치즈 케이크를 먹으며

전기의자에 앉아서

소년과 소녀가 나오는 영화를 보다 죽고 싶어요

누나와 내가 잡초를 썰고 빨간 벽돌을 갈아

진수성찬을 차리던 소꿉 시절처럼

아버지가 어린 누나를 만지던 방 옆으로

장난감 기차가 달려가요

과자와 설탕을 싣고서

불쌍한 어머니,

아무도 당신을 사랑하지 않았지요

홍대앞 금요일

홍대앞 해장국 골목 공동 화장실에서
보스톤 백을 든 남자가 섹시 잔 다르크룩의 여자에게
키스를 한다

아니, 숫제 빨아 먹고 있다, 서로
모드룩의 남자와 초미니스커트의 여자
울고, 싸우고, 토하고, 집에 가기 싫다고 소리치는
펑크 소녀의 달콤한 과일 향과
업고, 두드리고, 맞고, 달래는
힙합 소년의 휴고 보스 향수 냄새
패션은 육체다—몸 밖으로 불거져 나온 남근처럼
육체를 외연한다

주차장 골목에서 당인리발전소까지 — 지하에서 울
려 나오는,
오르페우스의 쓰리 코드
—「Bela Lugosi's Dead」
프랑켄슈타인의 신부 같은 팜므파탈풍의 여자가

에쎄 담배를 손가락에 걸고
문자를 날리고 있는 놀이터

혐오와 숭배는 한끝 차이다
(나는, 내가 이미 죽도록 사랑하던 여자
사랑했던 거울)

자폐적인 슈게이징 ─음악을 먹어, 음악을 먹어, 저들이 너의
음악을 듣지 못하게
혼다 CBR 600이 질주하는 극동방송국 앞
에스닉모드의 여자가 라운지 음악에 기댄 채
더러운 화장실에 가고 있다
흔들리고 있다,
서로

정말 위대한 여름이었다

노래방에서
모르는 여자의 노래를 들었다
화장실에 갔다 오다 들은
모르는 노래

반주가 끝나고도 한 번 더
불렀다

우리 방에 돌아와
한 번 불러보았으나
(오래전에 들은 것 같았지만)
왠지
모르는 노래

사람들은 그게
무슨 노래냐고 물었지만
나도 모르는 노래
모르는 여자가

혼자 부르던 노래

노래방에서
모르는 여자의 노래를 들었다
반주도 없이
심심한 목소리로
한 번 더 부르던

(언제 어디서 본 것 같았지만)
모르는 여자의 노래
(나하에서 온나로 가는
류쿠의 버스 안에서도 들었던)

정말 위대한 여름이었다
(운다)

은행에서 온 편지
—명성아,

너의 죽음은 안개와도 같은 모습이었다
검은 상복의 사람들이
푸른 강변의 봄 언덕을
줄을 지어 가고 있을 때도
내 전화기에는 이자를 독촉하는
은행에서 온 편지가
차곡차곡 쌓이고 있었다

불에서 나온 너의 죽음은 아직 따뜻했고
꽃의 모습과는 달라서
더 가벼운 것이었는지도 모른다
지금 농부가 밭을 가는 이
춘삼월의 강변에 부는 바람이
동해의 산불을 맹렬하게 하듯이
나에게는 너의 죽음을 사건으로 만든다

너의 무거운 춤을 본 적이 있다
공중에서 잠깐 멈추었다가

그대로 사라져버린
너의 죽음과는
얼마나 달랐는지

너의 죽음에는 이유가 없다
산벚 만발한
강 저편의 봄 산들이
이유 없이 아름답고
한 자루 초같이
있는 육신을 탕진하고 너는 사라졌고,
나는 은행에서 온 편지를 삭제하며
산불처럼 살아 있다

그래서,
그리고,
이게 마지막이고, 마지막이었다고
말할 수 있을
뿐이다

(미치겠네)

우체국에 불이 났다네
우리 집 차도와 인도의 경계석이 박살났네
며칠은 청구서가 배달되지 않겠다고
사람들은 불구경을 하면서도
우리 집 경계석엔 아무도 관심을 갖지 않네
미치겠네
경계석이 무너진다고 악을 써대도
소방관들은 한가롭게 불꽃에 물을 주고 있네
아내는 큰일 났다 큰일 났다 하면서도
텔레비전에서 눈을 떼지 않고
나는 경계석 근처에서 안타까워 떠날 수 없네
미치겠네
소방차 바퀴는 너무 무거워
우리 집 경계석이 버틸 수 없네
아무도 우체국에 맡긴 사연은 없는지
사람들은 불꽃에 귀를 기울이다
집으로 돌아가 고기를 굽고 있네
미치겠네

우리 집 경계석은 모양도 좋고 높이도 적당해서
앉아 있기 좋았다네
우체국에 불이 났다네
우리 집 경계석도 박살났다네
미치겠네

파경

언니야, 우리 소풍 가자
너무 오래 우리 소풍 가지 않았잖아
며칠 밤낮을 자고 일어났더니
허리가 아파
언니야 우리 계란도 삶고 소주 한 병도 챙겨서
나무 도시락도 싸고
(초콜릿 먹고 싶다 초콜릿 사러 가자)
언니야 우리 소풍 가자
너무 오래 우리 소풍 가지 않았잖아
낚싯대 하나랑 일회용 흰 접시도 넣고
야외 전축하고 화투도 챙겨
그래서, 다시 없을 빛과
        다시 없을 바람을 찾아
언니야, 우리 소풍 가자
우리 같이 잘 부르던 노래 있잖아
—이 과자 저 과자 먹어보고
  즐거운 봄날은 왔도다

하는, 그 노래도 부르고

버들피리도 불면서
가다 못 가면 쉬었다 가는
쉬다 가도 못 가면 어디쯤 푹 눌러 사는
(오키나와로, 고아로, 쿠알라룸프르로, 샌프란시
스코로)
언니야 우리 그런 소풍을 가자
지금 우리 소풍 못 가면
다음 생에선 분명 이승의 우리 때문에
우리, 더, 심하게 괴로워할지도 몰라

언니야, 우리 소풍 가자
응? 다시 돌아오지 않는
　　다시는 부르지 않을
　　그런 노래를 부르며
　　가자

죽은 개

고 급사르 맞아 죽을녀러 개새끼들, 어쩌자고 인촌이
들끓는 실가에 퍼질러 안자서리, 죽은 삭신을 틀어 똥
까지 싸대고 있구만기래 저, 카악, 퉤! 저
어찌 저리 독한 냄새를 풍기고 있음매?
저, 범이 씹어다 머글녀러, 벼락, 탁, 맞아죽을
오늘은 햇빛도 지루해서리 할 일도 없고
누벙 한 수박 깨 입가심이나 할 요량인데
죽은 몸뚱어리 자꾸 돌아댕기며 깨갱,거리는 통에
아주 성가시구만기래
하, 고, 죽은 것이 꼬리 흔드는 꼬락서니는
꼭 만신네 호랭이 같으이
끼니는 챙기고? 죽으면 냄새만 처먹고 산다는데, 기
럼 저 똥은
필시 썩은 수챗구멍에서 나는 악취보다
더 독할거이구만기래
몸뚱어리는 어느 아바이 몸보신으로 요긴하게 장사
지내고, 그랬으이
사람 몸은 새가 먹고 개 몸은 사람 새끼가 처먹으이

저 개새끼도 염불 한 줄은 알아야 할 거 아이니?
하긴 한여름에 수박도 족하지만서리
냄새만 맡아도 기렇지, 어떤 놈이 젯상에 죽은 개를
올리겠음둥
이 누므 개야, 훠이, 저리 가라
구천의 마당에서 썩 내려서라

나도 수박 냄새나 맡으면서리
누벼 불러오는 배나 두들겨야겠으니

루바토

   그리하여 그들은 지식의 나무에 둥지를 짓고 사는 새들의 왕 시뮈르
그를 찾아가는 여행에 올랐다. 종달새는, 자신은 사랑하는 장미의 곁을
떠날 수 없다고 하였고, 앵무새는 자신은 너무 아름답기 때문에 새장에
서 길러져야 한다고 했으며, 자고새는 험난한 계곡에서, 백로는 습한
늪지에서, 그리고 올빼미는 황무지에서 떠날 수 없다고 하였다. 여행에
오른 새들은 탐욕의 바다와 회의(懷疑)의 계곡을 지나, 베르티고(현기
증)와 아니킬라시온(전멸)의 언덕을 넘어 마침내 시뮈르그의 성에 도
착했다. 거기에서 그들은 시든 꽃을, 노래하는 계곡을, 슬픈 늪지를,
바람이 지나가는 황무지를, 빈 새장을 보았다.

3. 봄밤 강화(講話)

꽃의 어둠이여, 모순이여
흙을 먹는 분노로
내 입안에서 핀
한 송이 꽃을 보아라

너는 왜 그러한가⑥

슬퍼라, 슬퍼라
꽃 떨어진 가지나
가지에서 떨어진 꽃이나

---

⑥ 자연(自然)은 '스스로 그러하다'는 뜻이다. '스스로 그러하다'는 것
의 다른 쪽에는 '어쩔 수 없이 그러하다'는 필연(必然)이 자리한다.
'스스로'와 '어쩔 수 없이'는 ≠에 의해서가 아니라 =에 의해서 서
로 반대 항에 자리잡고 있다. '같음'이 아니라 '같은 항으로 넘어올
수 없는, 제로가 될 수 없는 반대 항에 있음으로서 같아진다. 왜냐하
면 스스로 그러할 수 있는 것은 '그럴 수밖에 없는' 엄연한 조건들
이 존재하기 때문이다. '조건'이 없는 '그러함'은 없다. 자연에 있어
안정은 운동의 한 장면에 불과하다.

―나는

내가 만약 나라면,

나는 어떻게 내가 모르는

이 꽃의 미지를

느낄 수 있게 되었을까?

　　무한을……

　　영원을……

　　떨림을……

　　별빛을……

아름다움을……

　　슬픔을……

그대여, 나를 사유해다오

나를 세상의 깊이에서 불러다오

우리는 존재의 흐름을 쫓는 여울

그대는 나를 여기에 있게 하는

그 사람―나는 떨림,

　　　나는 빛,

　　　나는 무늬―저기, 죽음의 수면을 울려

　　　　　여기, 내 심장의 고동을

　　　소리의 거울에 비추어다오

　　　거울의 소리에 귀 기울이면,

　　　햇빛을 두드리며 작렬하는 동백 숲

바람을 타고 흐르는 은사시나무처럼
두텁고, 두꺼워라
어디든지라면, 여기도 아닌
여기라면, 그곳이 어디든
어쩔 수 없이,
또, 스스로
(……나는)

―나는 이렇게 풍경 앞에서 절망한다
유성생식의 도구인
그 남자와 그 여자가 없었으면
정말 나는 존재하지 않는걸까?
내가 없었어도 혹
내가 설계한 집은 존재하지 않았을까?

노을 앞에 텔레비전을 옮겨두고
침대에 앉아 텔레비전 속의 노을을 보고 있다
노을 속에는 내가 있고
나는 내 안에 갇혀 있다
문명의 바깥에 자연이 있다면
내 바깥에는 네가 있을 것이다
푸르고 푸르다 재가 되고 마는
바깥의 풍경

가령, 내가 너를 사랑한다는 것은
나를 나의 바깥에 두고 있다는 것이다[8]
석류가 저절로 벌어지는 것은
숨을 가진 것들의 피곤함—
산수유 열매가 붉은 것을 알게 되자
바깥이 온통 산수유 천지다
복잡하고 복잡해라

—너는

(가지마……, 평생 너를 저주할 거야)
너와 헤어지고 돌아오는
파헤쳐져 지금은 감자 밭이 된
오래전에는 정원에서
처음 듣는 곡조로 노래하는
알 수 없는 새의 통곡을 들었다
(너를 향한 그리움으로
내 마음은 하루종일 풍차가 된다)
하룻밤 동안 바람에 사라져버린다는 북쪽의 모래산
처럼
아무렇지도 않은 아침이 오면 나는, 어제는 산이었던
마른 호수를
눈물로 메우고 있겠지

눈물 없는 물고기는
눈물 바다에서 산다

너를 생각하면
문득
그 옛 정원의 산수유처럼
흰 감자 꽃 오늘의 밭을 메우고
내 노래처럼 멀리서 밀려오는 산 그림자
수면을 박차 파문을 띄우고
다시 날아가는 가벼운 새

같던
넌 누구니?

― 템포 루바토
억새/우거진/숲에서/억새/우거진/숲으로/돌을/던
진다
나야―,
억새/우거진/숲이/억새/우거진/숲/너머/저물녘의/은
빛/바다와/서로/환한/몸짓으로/이승의/신호를/보낸다
나야―,
지난날의/적들이여/이제는/친하거나/친한/척하는/
벗들이여/다시/실오라기/하나/걸치지/않은/은빛/강물

의/긴/몸을/더듬으며
　나,
　떨며/어두워져/간다

　패배의/저녁이다/아니/무조건/항복이다/이/우거진/
억새밭에/서면/끊어질/것같이/가는/허리로/흔들리던/
저/무수한/집어등

　부르면/울/것/같은/노래/울면/그만/투명한/소금으
로/결정될/것
　　같은
　　나야

　환하게/환하게/어둠으로/이/빛으로/사라져버릴
　　너의
　　나야

─그 나무의 옆구리를 만져보았다

　오늘, 오늘쯤, 어제는 왔을까? 창을 열면 벚꽃나무
아래서 속없이 맑은 얼굴이, 웃으며 손을 흔들고 있다
언젠가 같은 자리에서 다른 여자에게 뺨을 맞던 그 남
자다 길은 늘 엇갈린다 일테면, 갯벌에 가면 멀리 물
러나 있는 상심한 나의 바다가 있다 조금이면 돌아올

그 바다로 굳이 물어물어 찾아가는

　(깊은 상처 같은)갯고랑처럼, 상징은 늘 허기 쪽으로 기운다 어차피 구부러진 마음들은 이미 하나씩의 죽음을 살고 있다 하루에 한 번씩 사랑

　　　　　　죽음은 온다 내가 목을 꺾은 백목련처럼 새까맣게 타들어가다 쇠락을 겪는 이유는 그 때문이다 다시 올 사랑 앞에서 내 기다림은 무슨 소용이 있는 걸까(이 욕망의 그늘에 정처는 있나?) 갯벌에서는, 사람들은 누구나 자기만의 길을 하나씩 펼치며 다닌다 허리를 굽힌 저이는 누굴까, 궁금해하는데 그가 이쪽을 바라본다 석류 씨 같은 이빨로 웃고 있는데, 사철나무 아래서 같이 피조개를 구우며 감탄했던 그 사내다 손나발을 만들어 길게 부르자 그가 흠칫, 다른 곳을 바라본다 그러고 보니 서로가 서로에게 괴이쩍다(내 이름도 무수한 길 위에서 번번이 잘못 불리고 있겠지)

　잘 가라, 어느 벼랑에서 또 만나겠지 —상징을 찾아 의심과 의혹으로, 그 나무의 옆구리를 만져보았던 적이 있었다

**　—나라는 모순에 대하여 너**

　결국 외계를 향해 쏘아올린 우리의 정보를 해독할 수 있는 존재는 우리밖에 없을 것이다 꽃돔도 아니고,

놀래기도 아니고, 지렁이도 아니고, 달팽이도 아닌

1

우리는 우리를 인류라고 부른다
(그렇지 않다면, 우리가 뭐란 말인가?)

2

이슬람으로 개종하려다가, 하루 다섯 번의 기도가
너무 귀찮아 그만두었다
자카트와 지하드의 별
스피릿과 오퍼튜니티[7]는 아직도 여행 중인가요?

3

학교 후배가 좋아졌어. 개와 오랫동안 얘기를 나누고
싶어서 복도로 불러낸 적이 있어. 그리고는 무슨 얘기
를 할까 하다가, 뭔가 사소한 것을 가지고 개를 야단치
기 시작했지. 그러는 동안 (개를 너무나 만지고 싶어져
서) 그만, 때리고 말았어. ……감미로운 순간이었어.[9]

---

[7] 화성탐사선. 플래시 메모리의 에러를 스스로 수백 번 재부팅하여
　극복하고 극적으로 구덩이에서 탈출하는 등 설계자들의 예상과 달
　리 3개월이 아니라 6년 넘게 화성에서 활동했다(하고 있다).

4

틀렸지만……, 너무 아름다워서 버릴 수 없는

5

(대체로)두 팔에 달린 열 개의 손가락, 두 발에 붙은
열 개의 발가락, 두 눈으로 보고 두 귀로 듣고, 한 입으
로 말하고, 두 性을 가진—아닌 것으로만 정의되는[10]
    ……무수한

6

어떤 추억이 태양계를 벗어나며 잠깐 뒤돌아본, 소
금처럼 빛났을
    짧은,

7

우리는 우리를 간혹
나라는 모순에 대하여 너라고 부른다

—그리하여 감옥 한 채가
추억은 잠시 불현듯 한 노래 속에서 일깨워지고
그리운 것들은 늘 감각되는 전체 너머에 있네
한순간을 쪼개고 쪼갠 매 순간의 마다[8]에서 만나
만지고, 더듬고, 마주보며 울던, 그러나

알 수 없는 얼굴, 그 친한 상징 ─ 일어나기 전부터
일어난 이후를 지배하던
만지자마자 무너져 내리는 전체에는
경험할 수 있는 실재는 증명되지 않고
증명할 수 있는 부재는 경험되지 않는
흘러가버리는 감옥 한 채가 있네
나는 곧 녹아버릴 밀납의 배를 타고
내가 떠나보내야 할
시간의 강안을 주시하고 있지
팔도 없고, 다리도 없는,
몸이 없는 육체
(상징을 얻는다는 것은 세계를 얻는 것이고, 동시에
전체를 잃어버리는 것이다)
─다만,
언덕에 스며드는 푸른 어둠이
암송처럼 들려오길 바라고 있다

⑧ 사사건건(事事件件)은 '시간을 쪼개고 쪼개고, 상황을 쪼개고 쪼갠
다'는 말이다. 이 미분화된 시간과 공간에서 '나'는 앞에 있는 사건
이 뒤에 있는 사건과 연결될 때만이 존재한다. '나'는 '사건'이다.
(→「은행에서 온 편지」)

루바토

포달라 궁에서 멀리 떨어져 사노라
이 지상의 신인 나
하지만 저자에서의 나는 모든 악의 우두머리요
왁자지껄한 주연과 주색에 빠지노라[9]

---

[9] 티베트의 재상 상괴 캄초는 제5대 달라이라마의 죽음을 16년 간이나
비밀로 부치고 섭정을 했다. 그 사실이 나중에 밝혀지자, 부랴부랴 환
생자를 찾았지만 그는 이미 노래와 술과 여자를 사랑하는 감수성 예
민한 13세의 소년 시인이 되어 있었다. 그가 바로 제6대 달라이라마
인 장양 캄초이다. 포달라 궁에 들어와서도 여전히 시와 술과 여자를
사랑한 그는 청나라에 의해 가짜 달라이라마라는 오명을 쓰고 쫓겨나
쓸쓸히 죽었다. 장양 캄초가 쫓겨난 후 예세 캄초가 옹립되었지만 티
베트 민중들은 여자와 술과 시를 사랑했던 장양 캄초를 그리워하며,
새로 옹립된 달라이를 인정하지 않았다 한다.

루바토

4. 감각의 입체

음음음음음음음

디립디립디리리

뺨빠빠바뺨빠바

짜자잔짜라라라

비리빕비비밥바

※ 바흐의 악보 위, 글렌 굴드의 낙서[11]

감각의 거울 위를 날으는 나비

측백나무 위에 앉은 나비를 보고 올려다본 하늘은
푸르다 못해 출렁이는 바다다 어떤 때는 슬픈 울음을
간직한 새의 부리가, 어떤 때는 오랜 고독 속에서 매서
워진 발톱이 일없이 들어왔다 나가곤 했다 나는? 걷고
있었다 해류에 휩쓸린 바다풀처럼 엉킨 내 머리 위로
오오츠크 해로 돌아가는 산란회유의 어류들이 떼 지어
지나가고, 나는 다시 봉포 앞바다 얼어붙은 백사장에
서 죽은 해당화와 때 이른 나비, 네 앞에 서 있다 바다
위에는 누군가 뚝 떼어 먹고 버린 떡 같은 달이, 상한
마음에 체해 있어 먼 섬이 그만 바다에 잠길 것 같은
위태로운 풍경이 설악을, 동해를, 영랑과 청초를 헛것
으로 만들어버린다 운명은 그것을 훔쳐본 자들이 받는
가장 잔인한 보복이다 너를 생각하면 나는 어느새 헛
것이 되어 이미 돌이킬 수 없는 운명 앞에 서 있다는
것을 알아, 감각과 영혼이, 엇물린 톱니바퀴처럼 오류
투성이다 그래서 이 쇠락의 시간에도 나는 어쩌면, 불
가능한 꿈을 꾸고 있는 바다를 건너는 너, 나비인지도
모른다 어떤 바다는 뭍에서 밀려난 만큼 그날 밤도 넓

어져, 헤아릴 수 없는 별들이 없던 사연도 만들어 울게
하더라마는, 나는 끝까지 감각의 거울에 비친 너를 안
고 이 움직일 수 없는 영원의 반대편으로 건너갈 것이
다 사과나무와 양귀비꽃이 알고 있듯이, 나와 나비는
이 미혹의 거울을 탐하여 끝없는 본능의 순례를 감행
해야만 한다 노래하라, 노래하라, 감각의 거울 위를
나는 영혼의 나비여, 노래하라 다시 오지 않을 恍과 惚
이 오늘은 너의 순간 속에서 출렁이는 시간이다

감각의 입체

—오늘은 평소엔 쓰지 않던 감각들이 일제히 되살아나고 있다
자욱한 연기 속에서
소리란 모든 소리들의 과녁이 되어버린 귀와
音(말言＋마디寸)이 色(사람人＋병부巳)의
혼돈으로 물결치는 지치지 않는 통독의 혀
(숨을 멈춰—음, 빵빠람빰팜!
　　　　그리고, 이 불안의 색을 들어봐)
너의 입술의 맛은 장3도로 흔들리다 완전 5도로 어
울려
이 음악이 지속되는 순간만이,
사랑이라고 믿게 하네

달빛 같은 라디오에서 솟아오르는 무지개
한 번 눈꺼풀이 닫히며 열릴 때마다
새롭게 펼쳐지는 전체
모든 과거는 | 미래＝망각 | 의 거울 속에 저장되고
나는 새롭게 본 걸 죽이고 다시 창조한다[12]
(행성과, 은하와, 신들까지)

존재하지 않는 모든 맛들을 위한
향연—, 폐부 깊숙이에서 한 호흡의 숨이
　　　다른 세상의 빛을 보여주고
　　　너의 혀가 들려주는
　　　누군가를 위한 조종(弔鐘)

—나의 우울은 출렁이는 벽의 표면을 타고,
　흐르고
婁＋攵와 丂＋刂의 허공으로 접은 물고기들의 집이
하낫, 둘, 셋,
거기엔
절벽의 끝까지,
시간의 파랑이 뒤집히고
처음과 끝이 서로를 애무하는 상실이 —, 세상의 끝
에서 돌아선 자는,
거기에서 스스로의 끝을 보게 되리라

가자!

황혼의 저녁으로 떠오르는 해와 달과 별들의 그루브
깊숙이, 더 깊숙이
공간과 분리된 드라이아이스 같은 시간을 마시고[13]
계절이 없는 잠 속으로 우리는 들어가ㅡ, 한 번도
들어본 적 없는 신화와 운명의 맛을 보네
모순 없는 맛이야
(좋아?) 좋아ㅡ! 그런데
　　　　　　누구니? 넌

너의 신비의 절반은 우울
우울이 없는 신비가 어디 있으랴

어제 먹은 나물과 오늘 들은 음악은 잊었지만
고음으로 퍼져 나가는 황홀한 오렌지색처럼
아이스크림 같은 아름다움과 자라 목 같은 괴로움의
징검다리를 밟고
生은 온다
부질없는 생이여, 오라ㅡ, 그대가 오든 말든 나는

계속 살아가리라

빠라바라팜파!
나는 한 호흡의 순간을 멈출 수는 없네
거기에서
거대한 나무처럼 솟아오르는
잠깐 동안의 세계를,
한 호흡처럼 사라질 세상을,
거부할 수 없기 때문이지
나는 시간의 앞장에서
우주의 조성을 간직한 숫자들의 안내를 받으며
어느 한 모서리를 향해
빛의 화음을 던지고 있네

나지막이, 나지막이, 황홀한 노래들이
감각의 입체를 아름답게
채색/文—하고 있네

기억—, 그 냄새

너의 입술은 주목나무 열매보다 붉다 입술의 향기
—혹 미쳐오는 너의 몸 안의 기억, 너의 붉은 입내에
취해, 시방 나는 비점막을 뚫고 뇌에 도달하는 백색 코
카인 가루보다 더 깊이
너의 色을 흡입한다—후각이야말로 피의 감각이지

(사랑한다는 환청까지)
괴로웠던 그날의 기억을 일깨우는
고통의 냄새는 우리를
호두 껍질 같은 작은 욕조 속에서
처음의 사랑을 나누게 하네

어떤 여자도 다른 여자의 기억을 불러일으키지는
않네
이 치명적인 기억—지워지지 않는 살 내음, 의식
을 지배하는 음식의 향기, 전체로 다가오는 장소의 냄
새, 고통받으면 받을수록 필사적으로 행복해지려는
몸처럼

너를 향해, 온몸을 휘청 기울어지게 하는 기억 ―,
그 냄새[14]

고요하게, 아주 천천히, 그러나 나중에는 거대하게
무너져 내리는
저 해식애처럼
너의 몸에서 나의 몸으로 붕괴하는
이 깊은 절벽

혀끝에서 입안으로, 기도를 타고 넘어오는 코끝의
감각―너의 냄새로, 이미 나의 것이 아닌 기억들이 결
코 잡히지 않는 신기루처럼, 풍경이 아닌 풍경을 펼치
며 잊었던 기억들이
　　　　(한꺼번에) 여기에서 여기의 바깥으로
　　　　(전체로) 나의 바깥으로 나를 이끄네

(여지없이)

오늘도 취기가 왔다 몸은 병들고
취할수록 세계는 견딜 수 없이 너무 명징하게 보인다
사물에 실려오는 너의 미세한 온도
결코 움직이지 않는 숲의 전쟁까지
(이 치명적인 오류가)
나와 바깥을 만들고 있다는 슬픔까지

몸을 망치지 않고서
어떻게 내가 이 모순을 바로 볼 수 있으랴
들리지 않는 미지
만져지지 않는 먼 무늬들
그러나 너무도 선명하게 보이는

괴로움 때문에
오늘도 취기는 오고, 흐릴수록 명징해지는
이 지옥을 본다는 모순은
몸이 나를 닫아버리기 전까지는
풍경을 닫을 순

없다는 것이겠지

이제 얼마 지나지 않아
피의 노을이
이곳의 숲을 붉게 물들일
다시 그 시간이다

되돌아간다, 또 되돌아간다
그런데도 왜
이렇게 새로운 것일까?

두 개의 해안

그런 생각만으로도, 그런 생각에 완전히 빠져 있는 것만으로도, 내 책상 앞에서 나를 마주하고 있는 나를 만날 수 있는 나는, 내가 어떤 막(幕)의 장(場) 앞에, 무엇보다 가장 모순적으로 대치하고 있다는 느낌을 받을 수 있었지만, 정확히 어디서부터 어디까지가 그랬는지 모르는 상태에서 책상은 완고하게 사각이었고, 책상의 전체 폭에서 훨씬 내 앞쪽으로 치우쳐 있는 이 詩도, 반듯한 사각의 종이 위쪽에서 아래로 쓰이는, 그렇게 하려고 치면 이 모든 대치의 가능성은 더 이상 포개지지 않는 흐름, 즉 시간을 포함한 모든 추상적인 사물들과, 언어를 포함한 모든 구체적인 사물들의 흐름들이, 아주 미세하게 혹은 완전히, 구불구불 흐르며 절대 포개지지 않는 선을 만들어, 사물의 내용이 섞이지 않은 상태에서 서로 상대 쪽으로 끌리고 있다는 것을 알 수 있었으며, 그 끌림에는, 요동치며 흐르던 개울이 이제 막 거대한 호수로 들어가기 위해 침묵하는 것처럼, 모든 방향이 한쪽밖에 없어 서쪽의 별이 내 앞에서 어둠을 내리고, 내 뒤로도 그럴 수 없는 서쪽의 별이 어둠을 내리고 있지만, 그 둘을 포갤 수 있는 사이와 경계는 없었기 때문에, 나는 이 대칭의 기원을 단지, 이쪽으로 넘어오지 않는 저쪽의 시간과 사물이 있고, 저쪽으로 넘어가지 않는 이쪽의 시간과 사물이 있다는 것으로 조심스럽게 짐작해, 너무 미세하여 관찰이 불가능한 떨림들의 소용돌이가 곁의 무한대로 펼쳐져, 이 풍경은 뭍이 없는 해안, 모든 뭍이 수평선으로 빨려 들어간, 동시에 존재하는 두 개의 해안으로 휘어져 있는 오래된 지적이라고 말할 수 있었다[15]

아가씨, 시간 있으시면 연양갱이나 같이 먹을까요?

제품명이: 밤양갱이지요 · 식품유형은: 양갱이구요 · 유통기한은: 측면표기일까지 · 중량이: 55g이니 당신의 영혼처럼 가벼워요 · 주성분은: 팥앙금과 갈색설탕, 물엿, 함수결정포도당과 이소말토올리고당이 골고루 들어 있지요 · 특정성분이 있는데: 밤이 3%, 호두가 2%지요 · 포장재질을 보세요: 에칠렌수지구요 · 탄수화물이: 35g, 지방이 1g, 열량이 160㎉이니 다이어트에 얼마나 좋겠어요 · 근육과 간의 글리코겐 저장능력에 한계가 올 정도로 과잉섭취된 포도당은 피하지방으로 변하여 축적된답니다 · 아가씨, 시간 있으시면 당신의 웰빙well-being을 위해서 왜 사는지why-being에 대해 담화해보실까요? · 우리의 양식은: 직사광선을 피하고 온도, 습도가 낮으며 통풍이 잘 되는 곳에 보관해주세요 · 제품에 이상이 있을 경우 예민한 영혼의 혈관에 살이 찌는 수도 있답니다 · 자연은 아름답게, 환경은 깨끗하게

먹는 법

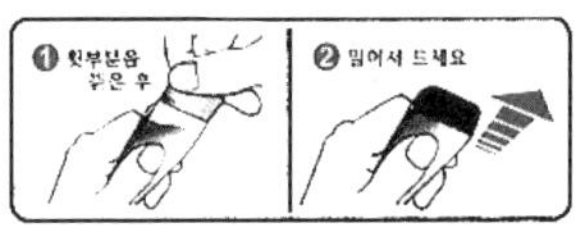

헤이,

아가씨

보이저 1호가 우주에서 돌아오기를 기다리며

—왜 무가 아니라 유일까?

어머니 햇빛보다는 바람을 주세요

직진하는 사랑보다는 간지럽히는 사랑을 위해서죠

지금 우리들 머리 위에서 작열하는 태양은

조금 후 풍선처럼 부풀어

이 푸른 지구를 집어삼키고

나중에는 우주의 먼지로 사라질 거예요

아름다울까요?

우리 우주의 마지막은—

어머니 햇빛보다는 바람을 주세요

나는 빛의 전위에서 모든 풍경을 바라볼 거예요

먼지와, 먼지가 될 별들과, 블랙홀 같은 내 사랑을

모든 소리들이 소음으로 들리고

소음이 음악이 될 때까지

어머니 햇빛보다는 바람을 주세요

아, 우리는 왜 이런 순간 속에 던져진 걸까요?

나는 태양의 중심에서 아이스크림처럼 녹아내리고 있어요

한 줌의 시와 한 소절 같은 시간이 필요해요

나는 빛의 정상에 있어요
순간의 시간을 가장 멀리서 즐기고 있죠
코끼리 발자국에 고인 빗물에서
물고기들이 놀고 있어요
우리가 자유로운 건
하필
우리가 불완전한 존재이기 때문이지요
어머니 햇빛보다는 바람을 주세요
눈을 감고 들어보세요
바다와 숲과, 지구를 가득 메운 마천루 사이를 지나
가는
바람의 노래를
중요한 건 그것뿐이죠
나는 미안해하지 않아도 돼요
아무것도 생각할 필요가 없지요
중요한 건 그것뿐이죠

보이저 1호가 우주에서 돌아오길 기다리며

—왜 유가 아니라 무인가?

어머니 전 혼자예요

오늘도 혼자이고 어제도 혼자였어요

공중을 혼자 떠도는 비눗방울처럼

무섭고 고독해요

나는 곧 터져버려 우주 곳곳에 흩어지겠지요

아무도 제 소멸을 슬퍼하지 않아요

어머니 전 혼자예요

오늘도 혼자이고 어제도 혼자였어요

고요히 솟아오르는 말불버섯 홀씨처럼

어둡고 축축해요

나는 곧 지구 부피의 여덟 배로 자랄 거예요

아무도 이 거대한 가벼움을 우려하지 않아요

여기에는 좁쌀 알만 한 빛도

쓰레기 같은 정신도 없어요

혼자 생각했어요

연기(緣起)가 없는 존재에 대해서

그리고 우연이야말로 우리가 믿는
단 하나의 운명이라는 것에 대해서

타이가의 호수에서 보았지요
안녕하세요? (하고) 긴 꼬리를 그으며
북반구의 하늘을 가로지르는 별똥별을
안녕? 나는 무사해
어둠이 내 유일한 인사였어요
이것이 내 유일한 빛이었어요

나의 우주에 겨울이 오고 있어요
나는 우주의 먼지로 사라져 다시
어느 별의 일부가 될 거예요
새로울
나의 우주는 아름다울까요?

혼자 생각해봐요
이 무한에 내릴 흰 눈에 대해서

소리도 없이,
소·리·도·없·이·내·릴·흰·눈
에 대해서

어머니 전 혼자예요
혼자 밥을 먹고 혼자 울지요
나는 어디에 있나요?
내가 지금 있는 곳이 어딘지
누구에게든 알려주고 싶어요
모든 것이 사라진 다음에도
아름다움은 있을까요?

거기에, 거기에 고여 있을까요?
존재가 없는 연기(緣起)처럼
검은 구멍처럼

어머니 전 혼자예요
쇠락하고 있지요

두 나무 사이

비 그친 아침의 물비린내
상큼한 숲의 감각
매운 담배 냄새
하여
우리의 날들이 저물어간다

한때는 열정의 눈물로
그 여자의 마음을 얻은 적이 있다

두 나무 사이에서
어느 날은 무성하여
넓은 그늘을 주었던
두 나무 사이에서

그대가, 그리고 그대의 육체가
빛으로 化해버릴 때
나는, 그리고 나의 감각은
비로소

고통을 넘어서 있네

나는 태양을 외면하는 해바라기
내 씨앗은 모든 의미를 상실하고
핍박한 대지로
떨어져버리네

아, 그 옛날
대상도 없는 그리움으로 불러보았던
소녀와 이름이여

겨울나무여,
너는 나의 혈관
누대를 걸쳐도 지워지지 않는
천민의 족보가 되어라

상징의 옷

음악은 상징에 가하는
시의 보복이다

폽은
우물 속에서 이루어지고

그래서
나의 빛과 어둠은 아름답다
(너무 입고 싶어서)
죽음에게서 훔쳐온 옷
(그러나, 영원히 가질 수는 없는)
그래서
언젠가는 죽음에게 되돌려줘야 할[16]

쇠락한 시간이여,
나는 비 맞은 은행나무처럼
노오랗게 분노한다

끝없이,
언제나 다시,
저승의 유행가일
나의 노래여

5. 키르티무카
—살아 있어야 하는 것들의 그늘

부스럼을 즐겨 먹는 유옹(劉邕)이라는 사람은 친구인 맹영휴(孟靈休)가 구창(灸瘡)으로 앓고 있다는 소식을 듣고 병문안을 갔다. 유옹은 처음에는 잘 참았으나 나중에는 도저히 참지 못하고 바닥에 떨어져 있는 부스럼을 주워 먹었다. 그래도 성이 차지 않자 친구의 몸에서 아직 떨어지지 않는 딱지까지 뜯어 먹었다. 그로 인해 영휴의 온몸은 피투성이가 되었다.

올빼미야, 정신 차려라! 여기야말로 우리가 떠난 그 자리다

1. **어느 지옥의 긴 의자**; 앉아—, 너와 함께 지하
철 플랫폼에서 3호선 대화행 열차를 기다리다 문득 우
리 앞에 놓여 있는 야곱의 사다리를 보았다 **나가는 곳**
—바미얀 석불이 무너지고 있다 (경복궁 홍례문의 현
판이 다시 걸리고) 클러스터 폭탄이 아프가니스탄의
사막에 거미 새끼들처럼 뿌려진다 그래, 모두 무너져라
모든 복원의 욕망은 불결하니까 기억은 부패를 방해한
다 나는 회교 원리주의도 싫고 미국 근본주의도 싫다
제 논에 물대기 하는 원리주의와 악질 근본주의가 이전
투구하는, 재활용 봉지 같은 20세기여! 악취를 풍기며
몰락하는 흐린 명태 눈깔들처럼 제발, 썩을 줄 알아야
한다 그리고 제국주의의 생일 케이크 같은 아시아에도
봄은 왔다 이 화약 냄새, 그러나 보스니아에도 꽃은 피
고, 토라보라의 산맥에도 꽃은 필 것이다 (맨해튼의 꽃
집의 아가씨는 섹시해) 앉아—, 난 딸기도 못 먹고 또
몇 번을 더 죽어야 하니? 복원된 것들은 모두 좀비 같애
　어느 땐 꽃들도
　(어쩐지 꽃들의 운명도)

2. **고려 사람**
저 철길 위에 빛나는 별빛을
달리는 기차는 사랑했나 보다

호박꽃 핀 밤을 지나
푸른 바다를 건너간다
우즈베키스탄으로, 카자흐스탄으로, 다시 연해주로
우리는 노예였으므로 어머니,
저녁 밥상에 옹기종기 모였다가는
어두운 화물칸에 짐짝처럼 실려
어디로 가는지도 모르는 채
차가운 별빛의 사랑을 꿈꾸었습니다
노래와, 우리가 두고 온 땅의 작은 씨앗만을 품고
우리는
우리의 눈물로 푸른 바다를 출렁이게 했습니다
당신이 주신 부러진 칼은
이미 정든 땅에 묻어버리고 잊은 지 오랩니다
시베리아의 바람은 검은 눈동자를 얼리고
기차는 쉬지 않고, 우리의 고통은
불모의 땅만큼 넓고 황폐해갔습니다
그리고 우리는, 짐승의 삶 속에서 죽어가며 벌린
당신의 입속에
노래와, 다시 저 들판을 출렁일 볍씨를 심었지요
사랑은 그렇게 시작되었고
그 사랑 앞에서는
국가도, 국민도, 민족도, 몰아치는 매서운 추위도,
레닌도, 스탈린도, 트로츠키도, 그저

지나가는 비— 같았습니다.
다시 우리의 유랑도 끝이 없습니다
우쑤리 강으로, 블라디보스토크로,
저 별빛은 여기를, 달리는 기차를
미친 사랑으로 이끕니다
이것이 사랑이라면
이것을 사랑으로 알고

3. 아무도 울지 않는 저녁

시베리아는 너무 먼 곳이라고 생각했다
슬픔이 슬픔을 돌보지 않고
약속이 약속을 돌보지 않은 채
오랑캐의 저녁이 오고
야만의 상처가 오고 있다
유라시아의 겨울이다
티베트의 밤과 그루지아의 혼미, 가자와 아르메니아
의 기도가 울리는 황혼이다[17]
한 줌 재도 남기지 않은 채
타오르는 불 속에서 누군가를 부르는
—애잔한 저녁이
나무는 검게 늙어 있고
12세기의 몽골 병사가 말을 달려

7번 국도로 남하하고 있다
모래밭에는 해당화, 해당화여
돌의 귀에 젖은 향기여,
복수를 위해 —우리에게 평화가 무슨 의미인지 당신은 아는가?
은백양나무는 겨울의 숲 가운데서 환하게 빛나고
전사들이, 잠든 아이의 머리를 짚어보는
유라시아의 저녁이 왔다
(먼 곳을 생각하는
이 水銀 같은 호수 위에도)
아무도 울 수 없는,
아무도 울지 않는 저녁이 온 것이다

4. 날이 새면 집을 짓자; 폭격을 당하면 또 무너지
겠지만 우리는 계속 집을 지을 겁니다 날이 새면 무너
진 벽돌을 모아
　—두 손을 모아 아무리 빌어보아라 내가 보지 아니하리라
　빌고 또 빌어보아라 내가 듣지 아니하리라 (이사야 1:15)
신은 잠든 척하고 있는 불의의 목격자
졸지 마세요 당신이 내려야 할
평화롭고 고요한 숲을 지나쳤어요
One Way
살육을 멈추게 할 명령이

이 길부터는 대량 학살로 이어지지요
그리고, 이 숲은 항상 안개에 싸여 있어요
아무리 노련한 사냥꾼이라도
피의 안개를 꿰뚫어 볼 수는 없는 거죠
날이 새면 집을 지을 거예요

    5. 봄과 밤; 나는 보았지요 부서진 문짝 위에서 울고 있는 여인을 나는 보았지요 지뢰밭에서 김을 메는 여인을 나는 보았지요—나는 보았다 두 다리를 잃고 이 지난한 대지의 노래를 밀고 가는 너의 가난한 아이들과 폭탄 트럭을 몰고도 신의 곁으로 돌진하지 못한 너의 남편과 더한 불우로 자신의 불운을 위안하는 너의 남루한 이웃들과

    화염과, 꽃과, 죽음을—살아 있어야 하는 것들의 그늘을

6. 사이프러스 나무 밑에
울어라 새여,
우리에겐 울 동안의 평화만 주어졌으니
시커멓게 그을린 나무 아래
(그것은 사이프러스 나무였다)

빈 구덩이를 가득 메운 학살의 현장을 너는 보았지
그리고 고향을 떠나
소금투성이의 골짜기에서
낯선 적들이 주는 돌덩이 같은 빵을 받아먹으며
(이들이 학살자들에게 총을 파는 상인이다)
매일 샌프란시스코 만으로 버려지는 수백만 톤의 옥
수수를 생각했지
꽃밭에 숨어 있는 불발의 포탄처럼 생생한 기억
이 빵이 독이고 저 꽃이 죽음이라면
이제 우리는 무엇을 사랑한다고 말해야 하나?[10]

7. 학살의 밤

그럼에도
눈물이 이삭이 되고
봄이면 피는 꽃들은
학살자들의 철모 위에서도 다시 아름다웠다
울어라 새여,—금남로에도, 이리얀자야에도, ‘프라
찬다의 길’에도, 키르쿠크에도
그리고 왜 아름다움은 창녀처럼 곳곳에 있는지
그리고 나는 들었다

____

[10] → 「고려 사람」

학살자들과 학살당한 자들이 찾는 아브라함의 기
도를
그리고 나는 들었다
그 사람이 말하는 칼과 반목을
분명
찬양보다는 조롱이 그리운 밤이다
(그리고 무서운 밤이 온다)

8. 그리고 무서운 밤이 왔다 ;—더 이상 헛된 제물을 가져
오지 마라 이제 제물 타는 냄새에는 구역질이 난다 너희가 지키는 초하
루의 행사와 축제일이 나는 정말로 싫다 귀찮다 이제는 참지 못하겠구
나 (이사야 1:13)
연필을 깎다 보면 시뻘건 향나무 살이 불쑥 드러난다
게다가 어떤 세상을 원하는지 검은 정액이다
Computer—Aided Design 프로그램을 실행하고
그 속의 검은 우주를 들여다본다
이것일까?

9. 끝
(→ 다시 넓고 깊은 것들의 어둠을 생각한다)
무한 속에서 반짝이는 나의 빛
나의 집 노을, 나의 집, 나의 길

그 빛이 없었다면 아마 내 사랑도 없겠지
집은 하얗게 타버렸다 거기
회색 재의 거실에서 떨고 있는 가련한 영혼아
우리는 어떤 온도를 간직하려는가?
밤이 새벽의 빛 속에서 지워지듯이
나는 너의 빛에 갇혀 홀로
저녁이면 무너질 아침의 집을 짓는다
알다시피
나의 집이 내일을 위한 집이 아니듯이
지금 나는, 매일 아침
태양과 숲을 위한 긴 노래를 부르고
저의 가지를 떠난 한 새의 영혼을 숭배한다
어차피 무한 속에서는 모든 것이
명멸의 빛으로—(무한에서 영원이라는 것은,
　　　　　　이 세계가 분명 누군가의 꿈이라는
　　　　　　걸 거야)

10. 끝— 나는 아들은 아버지와 맞서고 딸은 어머니와, 며느리
는 시어머니와 서로 맞서게 하려고 왔다. 집안 식구가 바로 자기 원수
다 (마태오 10:35)

살인은 짙게, 그러나 짧게
행복한 결혼처럼 치러진다

누가 죽고 누가 살아 있든
보아라, 죽은 것들의 잘린 목에서 자라는
한 알의 밀알이 썩어 새로운 전쟁을 마련하는 모습을
왜 저 죽음은 식물성인가?
왜 전쟁은 평화의 밭에서 나는 잡초처럼
귀찮고 귀찮은가?—나는 평화가 아니라 칼을 주러 왔다
(이 사람들이 나의 말씀을 대가 없이 들으려 하는구나)
나는 안개가 사라진 후의
노을 지는 언덕에
홀로 서 있는 나무—피의 분수이거나
피에 흥분한 흔들림이지

11. 2007/01/06 KTX #0144 일반실; 손 병풍

안에 켜진 성냥불의 따뜻함……이마를 맞대고 담배에
불을 붙이는 사람들……의……추운 얼굴……신의 축
복을 갈구하는 열렬한 기도 소리……와……부산역 광
장에 소금기를 털고 가는 해풍의……거친 숨소리……
오르는 계단 위에 서 있는 사람들……과……내려가는
계단 위에 서 있는 사람들……일본인 관광객들의 웃
음……민주 투사의 탈을 쓴 악덕 기업주를 고발한다……
고……철도노동조합은 말했다……(짜증내며, 시선을
수화기 저쪽에 두고) 내가 은행이냐?……(달래듯 서

운하게) 어머니한테 전화 좀 해……강가에서 꺾어져
버린 구포의 갈대들……커튼을 닫는 야속한 사람……
대구 대전 사이에 내리는……(눈보라)……천안역 플
랫폼에 내리는 눈……모르겠어요 갑자기,……(병력에
대해서 말한다)……응? 자다 일어났어……한국어로
길을 묻는 파키스탄 노동자들……(아내가 남편에게)
일은 시작하긴 한 거야?……(그 모든 물음에 답하고 싶
다)……나도 가야 한다……그들이 물었던 길로……가
서 얘기하자……하고(눈이 와), 자포자기한다 여기까
지다 포기한 거기가 끝이다

6. 사상(事象)의 지평선

유한무경계3차원 우주의 끝에서[18]

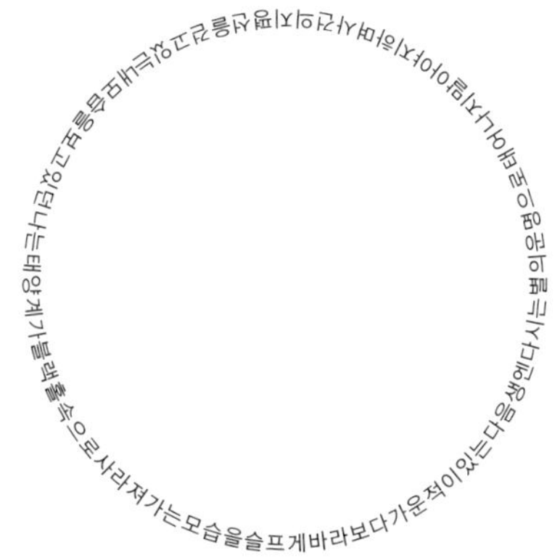

※ 무한 반복 재생되는 문장의 시제에 관한 연구[11]

---

[11] 언어는 어떤 바탕 위에서 생성되는 것일까? 회사후소(繪事後素)라는 말이 있지만, 물리학의 가설은, 우리 우주는 바탕이 없는 상태에서 존재한다고 말하고 있다. 유한하지만 경계가 없는 3차원 우주라는 것이다. 그렇다면 무한하지만 경계가 있는 우주라는 것도 존재하지 않을까? 유한무경계 우주가 수학적으로만 가능한 것처럼 무한유경계우주는 언어에서만 가능한 사건일지도 모르겠다. 현실에서는 불가능하지만 수학적으로는 가능한 것이 있듯이 문학에서만 가능한 사건, 시간과 현상이 있다. 나는 비참한 수식 하나도 가지지 못한 채 늘 그것을 찾아 떠도는 언제나 해진 신발을 신은 자이다.

푸름과 쇠락 ; 무거운 기압골 속
으로 사라져버린 강이여 오늘은 강가의 버드나무 군락
지가 세피아 톤의 는개 속에서 독자적으로 우뚝 서 있
는 모습을 본다 시작만 있고 끝이 없는 다리들도 오늘
은 어쩐지 비장해라 이상하다 불의 중심 속에서 타오
르던 열정들이 차디찬 혀처럼 고요하게 굳어 있다 자
세하게 휘어지다 뻗어나간 가양 교차로의 고가도로는
한 폭의 수묵란처럼 는개 자욱함을 배경으로 젖고 있
다 흰말 같은 엉덩이를 가진 여자가 방금 육교 위를 뛰
어오르고 있는 것은 이상하게 어디서 한 번 본 것 같은
풍경이다 상류에서는 김포와 일산을 잇는 교각 공사가
한창이고 하류에서는 허방다리를 건너는 차량들이 줄
지어 서 있다 이러다 한강이 복개될 것 같은 생각에 풍
경은 절체절명이 된다 너무 일찍 겨울 외투를 벗었나
보다 당연한 줄 알고 덮었던 이야기의 끝이 현실의 아
궁이에서 불을 빼가다니…… 젖혀 있던 한 잎을 올려
목까지 덮어도 없는 추위가 뼛속 깊숙이 스며드는데,
그렇게 언제인가 나의 일부분은 완전한 죽음의 모습이
었던 적이 있었다 이제 나는 열정과 정확함으로 한 잎
의 푸름과 쇠락의 절정에 대해 노래한다 ; 자유로에 까
마귀 날자 갑자기 없던 배나무들이 솟아나와 서둘러
열매를 맺고 떨구기 시작한다

　　　　　　키르티무카— 놀라운 식욕의 정

원; 胎 · 卵 · 化 · 濕 어머니와 형과 누나들이 각각 하
얀 접시에 누워 있네 누구를 먼저 먹을까 어미는 맵고
형은 짜고 누나는 쓰고 시네 모든 식구들의 머리카락
은 욕실의 수챗구멍에서 이미 맛보았던 슬픔 나는 누
구인 너의 혀를 나의 혓바닥에 접붙이기 했다 지붕 위
에는 나와 형과 누나들의 이빨이 무성하게 자라고 한
겨울의 만두가 그 옆에서 꽁꽁 얼고 있네 앞니 빠진 허
망니 새 이를 다오 지붕 위에 사는 생쥐가 함부로 이런
걸 던진다고 불평을 하고 있네 새 이를 주면 나는 정강
이뼈처럼 단단한 시절의 상처들을 통째로 먹을 수 있
다네 내가 대나무 칼로 벙히였던 손가락과 빗자루를
던져 찢어놓았던 이마와 썩은 밧줄을 주어 부러뜨렸던
팔, 무엇부터 먼저 먹을까? 국화꽃 만발한 화단에 절
망한 듯 나리는 때 이른 폭설처럼 나의 식욕은 너무 왕
성해, 모든 것을 다 먹어도 먹을 수 없는 단 한 가지
로, 나의 식욕은 이 정원을 다 덮고도 넘치네, 넘치네
—어쩌면, 달빛에 매생이국 실낱처럼 빛나는 저 겨울
밤바다를 다 먹고도; 어쩔까, 뱀처럼 소리 없는 고요
를 먹기 위해 턱뼈를 탈골시키는 것은

        저승의 노래 ; 동해로 가야겠다
다시 그 푸른 벽과 독대해야겠다 어머니는 바닷가에 홀
로 계시고 누나들은 화장품을 팔러 이웃집에 있거나 식
당에 있다 태백산맥을 넘어 서녘에 온 이후로 한쪽 귀

가 잘 들리지 않는다 파도 소리가 스테레오로 들리지
않으면 어떡허나 허리가 자주 나가게 된 것도 서방정토
로 온 이후의 일이다 경전은 틀렸다 모든 이정표가 중
구난방이다 흰모래 푸른 바다를 사무치게 하던 붉은 해
당화의 계절이 봄이든가, 가을이든가, 동명항 방파제에
서 멸치 회를 떠 육친들과 술잔을 나누던 즐거운 날이
머나먼 저승의 기억 같다 (고래는 오지 않는다) 노래
하나만으로 다시 그 해일과 마주해야겠다 내가 부르면
노도로 화답해다오—파도여, 우리 서로 먹히고 먹어치
우자 목 놓아 부르던 옛 노래를 너는 기억하겠지 가지
호박, 가지 호박……십 원에 열두 개

  (문 닫힌다)

저녁 숲에 깃들다; 어머님께

술 한 잔 따라드렸더니

한 마리 물고기로 化해 어머니

술잔을 한 바퀴 도시고는 이내

두만강 쪽으로 사라지셨다

물고기 헤엄치던 술잔에

쩡—하고, 떨어지는

이른 겨울 아침의 공명

나는 한쪽 다리로 서서

휘파람을 불며

저녁의 새들을 불러 모으니
나무야, 오늘은 어쩐지
    너무 오래 기다렸구나
아니면, 우리가
    너무 오래 마주했던지
그 하류에 펼쳐둔
자가당착의 그물로 걸려든 건
오로지 내 얼굴

대나무 낚싯대를 들고
저녁의 새들과 함께 찾아온
물고기들이 잠든 저녁의 숲
어머니를 낚아
(맛있는)
어머니를 낚아
나는 나의 태생을
처음부터
다시 쓰자

슬픈 회전;이제 평행선의 문제
이에 대해서는 생각하지 않기로 하자
(동해선 열차가 도착한 제진역은 큰매부의 고향이다)
아버지의 충고가 아니더라도
나는 이제부터 모든 증명을 잠정적으로

소괄호 안에 묶어두기로 했다
(영원히 잠정적으로 영원에 대항하여)
어머니의 목 안에 걸린 가시를 빼다가
늙으신 어머니의 입안에서 본
노쇠한 우주의 슬픈 회전

그 그늘의 풍경 이후로
나는 영원한 미완의 집에서 이사를 했고
그 그늘의 풍경 이후로
나는 스스로를 운명의 그늘에 가두어두었다

(속초역으로 기차가 들어온다; 검은 도복을 입은 아이
가 기겁을 한다)
;나다
총알 자국이 수없이 나 있던 벽
무엇보다 피―, 그해 여름 내 무술 스승의 연애는 불
륜보다 치정에 가까웠다
경이보다는 슬픔이
무너진 역사(驛舍)의 느티나무 그늘에는 있다

이제 평행선의 문제에 대해서는 생각하지 말기로 하자
누군가의 환생이 총천연색 시네마스코프처럼 펼쳐진다
는 호수―, 추운 호수

내 발밑의 어둠에도
영롱한 전생과 환생의 色들이 슬픔을 참고 출렁이고
있어

이 그늘에서는 아무도 내리는 사람이 없네
아무도 이 슬픈 회전에 몸을 맡기는 사람이 없네

나아가, 더 나가 (북쪽으로, 북쪽으로)
끝에서 끝으로, (극과 극의 툰드라에서)
추위와 함께 백색의 겨울로 왔다
산가지를 들고 큰매부가 겨울의 위도를 재고 있다
그전에 이미 뾰족구두를 신은 어머니가 매부의 위도
북쪽에서
서양식 결혼을 치루고 있었음은 물론이다(결국 나는
이 신성의 파탄을 목격하게 될 것이다)
영롱한 色들이 출렁이는 이 그늘 연못에서
슬픈 회전을 되풀이하고 있는 불가능한 증명

영원한 미완의 집을 나와 이사 온
피정의 거처에서도 나는
아무것도 증명하지 않기로 했다
호수에서 바다로 흐르는 물의 길목에서
선로를 잃은 누추한 교각이

홀로 슬픔을 견디고 있다

그리운 언어 ; 너무

늙으시어 우리 어머니
기쁨과 슬픔 모르시네
너무 늙으시어 우리 어머니
말과 설득을 잊으셨네

김 위원장이 탄 특별 열차는
겨울 압록을 지나
어머니의 꽃밭을 달리고
집은 일찍이 떠나왔던
풍문으로 떠도는 신화
부족은 망했고
나는 형천(刑天)의 분노[19]로
육지로 변한 옛날의 바다를
계속 항해하는 미친 고래

몸은 죽으리
말은 사라지고
김 위원장이 탄 특별 열차는
가난한 어머니의 꽃밭을 지나
식구들이 유랑하던
모래내, 물빛(水色), 꽃밭(花田), 꽃우

물(花井)……구름우물(雲井),─그 아름
다운 이름들이
뿔뿔이 흩어지어 사라지이니

나는 말도 못하게 되었네
어머니 너무 늙으시어
무늬와 노래를 하나로 들으시니
나는 말도 못하게 되었네

(숨을 멈춘다) 페트병을 물고 변기에 머
리를 처박으며 (깊은 호흡을 통해) 나는 빛이 닿지 않
는 심해의 어둠을 들었다 모든 건 관악기의 입구에서
─그 음을 특히 세게─연주하며 피어오르던 한 줄기 때문
이었다 (귀가 예민해진다) 이 깊은 골짜기, 여기 수면
아래서 황홀한 지느러미를 달고 淑이, 玉이 들과 함께
영원히 살 수는 없는 걸까? 아가미 호흡을 하며 키 큰
미역 숲을 헤엄쳐 다니는 청어, 가재미들처럼─G현 위
에서─새벽빛의 푸른 연기가 이미 퇴화해버린 내 폐부
깊숙이 번지는 환청 ─침착하고 느리게: 진정한 과학은 신
비를 벗겨내는 것이 아니라 신비를 만지는 것이다. 그
럴 수만 있다면 가서 돌아오지 말아라, 돌아오는 자들
은 모두 탕아들이다 돌아와 보니 낯설고 물설은 고향
이여, 저 돌아온 연어들의 상처와 죽음이여 ─속도를 갑

자기 늦추어—한 우주를 잃은 슬픔을 다른 우주에 기대
울 수 있을까? 사랑은 내내 그날의 취기로만 기억되었
다 사랑을 잃는다는 것, 문득 무너지는 소리를 들었다
—하나 하나의 음을 명확하게—아아아, 호흡처럼 여
겨지던 추억이 빠져나가는 슬픔

　　　　한번 떠나온 뒤로,
　　　　다시는 들리지 않았다[20]

　　　　　　　부정의 해(解) ;—사랑에 빠진 사람들은
　　　　　　　　　　사랑하는 대상의 전체를
　　　　　　　　　　　알아보는 대신, 왜
　　　　　　　　　그렇게 되었는지에 대해서는
　　　　　　　　　　　알 수 없게 된다

　　　　　　　　1

내가 사랑하는 너는
다른 종(種)들이 보기에도 신비로울까?[21]

　　　　　　　　2

가로수 그늘에서 다른 가로수 그늘로 나는 걷는다
사랑도, 둥지 없이—땅 위를 걷는 새들도, 이렇게 온
다 그리고 쇠락을 꿈꾼 너와, 나의 참언(讖言)의 죄도
이렇게 왔다
　사랑아, 너두 이렇게 왔겠지(사랑에 배신이 어덨니?

이끌렸고, 그렇게 된 것이다) 그래서

3

그렇게 아직 봉숭아 꽃물이 빠지지 않은 손톱으로
여중생이 책장을 누르며 수학 문제를 풀고 있다 위성
도시를 벗어나는 좌석 버스의 차창 밖으로 오후 두 시
의 낙엽이 툭 지고 있다 아, 나는 고향에서도 용서받기
는 다 글렀다

4

선이 고운 여자와 볕 좋은 한옥에서 연애하고 싶다

5

엄마는 딸이 힐끗 훔쳐본 낯선 남자의 얼굴을 찬찬
히 뜯어보고 있다 옛 우물에서 하늘빛처럼 보았던 적이
있는 그 사내의 얼굴이다 사랑의 대상도 물림이다

6

나는 왜 너의 늙음을 상상하며, 너의 늙음과 사랑하
면서, (오늘이 어제를 찾아가게 하고) 왜 이렇게 오지
도 않은 사랑에 (내일의 시간이 사라져버리는 것을)
미리 가슴 아파하는 것일까?

7

죽음은 경험 불가능하지만 우리가 정의할 수 있는
유일한 미지이고, 사랑은 경험 가능하지만 영원히 정의
할 수 없는 부정을 이룬다 언제나 몫은 자기 자신이다
ex.) 죽음을 사랑으로 나누고, 사랑을 죽음으로 나눠보자. 그리고 해가
같아지는 걸 증명하라.

8

정치에 관한 모든 이론을 정립하고 기세 좋게 실습
하러 나선 공자 일행이 도적 떼를 만나 스승과 제자가
서로 제 살길로 뿔뿔이 흩어졌다 겨우 수습하여 다들
다시 만났지만 왠일로 안회가 보이지 않았다 공자;
(봉두난발하여) 회가 죽었나 보다 (공자 운다) 그때
저기서 거지꼴을 한 안회; 스승님! 하며 뛰어온다 눈
물에 콧물이 범벅된 공자; 회야, 회야, 난 네가 죽은
줄 알았다 스승과 제자가 서로 부둥켜 안고 우는 그 참
상이 흡사 거지 연인이 상봉하는 듯했다 그날 밤 공자
와 안회는 오랜만에 동침했다; 회야, 뒤로 돌아라

9

인형에게 말을 건네던
딸이 생리를 한다
이제 막
누군가인 나와의 악수

단풍나무

지나가네 지나가버리네
그가, 그녀가, 당신이 —

그냥 지나가버리네
여기
너무 오래 단풍나무 아래서
그를, 그녀를, 당신을 기다렸네

설레는 손짓은
단풍나무 잎사귀처럼
붉게 물들어가고

단풍나무 붉은 그늘 아래로
사랑이거나 괴로움이거나
골몰한 생각들이 스치고
그냥
지나가버리네

먼 훗날
그는, 그녀는, 당신은
어느 차가운 바위에 앉아
말하겠지

그때,
(단풍나무 그늘에서)
쉬어가야 했다고

우리가 못 알아보고
그냥
지나쳐온 생의 기별들이
단풍나무 붉은 그늘 아래로
차곡차곡 쌓이고 있네

절정

돌보지 않아도 피어나는구나
봄비 내리는 오후
절름발이 비둘기들의 초췌
물오른 어린잎들의
칼날 같은 끝

도저히 피할 수 없다
아름다움은 어디로 가는가?
무화과의 달콤함
젖은 꽃잎의 부드러움
다시 보러갔던 그 산수유나무

글쎄,
또 한 시절이 가는구나
무슨 소용인가
몸은 습관만 알아보고
사랑은 사라지지 않고
마음은 한곳에만 있네

젖을수록 더 붉고, 더 부드러운 꽃
너의 은밀함
덮쳐오는 물그림자처럼
치명적으로 하강한다

도저히 피할 수 없다

사상(事象)의 지평선

여기서 핸들을 조금만 오른쪽으로 틀면
그대로 피안이다
도시의 지붕들 위를 날아 긴 포물선을 그리며 추락
하겠지
나는 그 포물선의 어느 좌표쯤에서
생의 끈을 놓고 있을까?

살아 있다는 것은
어딘가로 빨려 들어가는 일이다
어두운 터널 속에서 나오면
다시 생은 더 어두운 터널로
나를 채근한다

좌석 버스 안에서 죽은 사람의 얘기를
들은 적이 있다 옆자리에 앉았던 사람들은
　　　　　　　그가 자고 있는 줄 알았다고 했다
썩지만 않는다면 죽음도
옆에 두고 친할 만하다

익사자는 어느 순간 생을 포기하기 마련이다
뻔한 낙관이지만
나는 그 순간에야 무엇이 보일 것 같다

소는 불이 나면 그냥 서서 타 죽는다
뭐가 모욕적이라는 것일까? 그대로
깊이 무릎 꿇고 싶어진 걸까?
무슨 유혹인지도 모르는 채
만화경에 눈을 붙이고 있는 아이처럼 골몰하여
나는 오직 한쪽 밖에 없는

다시 나오지 못할 표면을
미끄러져 떨어지고 있구나

7. 사랑, ── 불가능한[22]

그리고 ──, 재난 이후의 세상은

바랜 비단에 그린 채색화처럼

멀고 먼 황사에 덮여 있습니다

너무 가까이에서야

너무 먼

이때에야 나는

당신을 사랑했던

당신의 벚나무에게

소식을 묻습니다

지금쯤 꽃이 피었는지

완전한 球가 있다면

완벽한 그것을

완전히 뒤집어

당신에게 보여주고 싶습니다

그 불가능한 존재와

이 불가능한 행위가

당신에 대한 나의 사랑입니다

그래서 — 사랑하지만

행복하지 않습니다

#1. 초원의 사나이 칭기즈칸의 시체가 수레에 실려 광화문에서 자하문 쪽으로 넘어가고 있다 말을 탄 몽골 군이 장례 행렬 중에 만나는 생명이란 생명은 모두 죽이고 있다; 장님 하나가 살아남아 이 이야기가 전해 온다고 하나 믿기 어렵다; 인생의 가장 큰 즐거움은 적을 추격해 쓰러뜨리고 그들의 소유물을 독차지하며, 여자와 아이 들이 울부짖는 소리를 듣는 것이라던, 한 사내의 죽음과, 다시 복개된 청계를 가득 메운 길 위에서 행해지는 순장의 풍습을 본다

날은 저물고

술은 취하고

마음은 어둡다

#2. 왠일인지 창밖에 걸어둔 수상한 차일이 바람이 없는데도 펄렁펄렁 날리고 있다 旨을 얻지 못한다면, 바람을 위해 적어둔 수많은 문장들이 다 무슨 소용

이 있겠는가? 사랑이 자유가 아니라면

　　　　자유가 사랑이 아니라면……; 살아남기
위해 장님 행세를 했지만 이후로 그는 보이긴 보여도
그것이 무엇인지 알 수 없는 이상한 백치 상태가 되었
다고 한다(눈

#3. 이 와) 내가 미지에 손을 넣어 너를 만졌을 때
(아무것도 태우지 않는 그 뜨거움의 의미는 무엇이었
을까?)

거기에는 아무것도

(알 수 있는 것은)

없었다 단지 바로크적인 관능 같은 것이

(나를)

황홀하게 했을 뿐이다 끝없이 반복되는데도

　　　　　　　끝없이 恍—황홀하다, 형체가 없는 모양,
　　　　　　　　　　　　　미묘하여 알 수 없는 모양.

　　　　　하고,

　　　　　惚—황홀하다, 흐릿하다. 확실하
　　　　　　　게 보이지 않는 모양.

　　　　할 수 있을 것 같은 다른 미
지—(지금이 아니라면 언제란 말인가?[23]) 時乎時乎!
만져지는, 그러나 미지

　　　　는 얼마나 아름다운가?

　　　　그런가?

아름답거나 아니면, 황홀할 뿐이다
나는 지옥에서도 시를 쓸 수 있다 어딘들 갈 수 없겠는
가? 나는 이제 저 건달의 지식들을 향해 내 무지의 화
살을 쏘아야 한다 오직 늙고, 눈먼 개만이 나를 알아볼
수 있으리라[24]

#4. (무지de-light에 대하여)

장미는 자귀나무 옆에서 자고 (이 무슨 불협화음이), 집
보다 여관을 더 사랑했던 너는 떠났다 그리고 나는 아
직 나의 잘못을 모른다

(왜 모든 질문은 여성의 것일까?)

나는 벙어리
능소화는 죽은 나무에 기대 꽃을 피우고
나는 흰·눈·밭을 갈 당나귀를 생각하는 일로
하루 종일 무성해진다 자귀나무와 장미 사이의
길—그 길은 너무 오랫동안 단지 길이었으므로 지금은 누구의 땅
인지 아무도 아는 사람이 없다

나는 이제야 그 길에 서 있고
그렇게 간단했던 이별의 문장이
아직도 기억나지 않고 있다는 건—이상하다

(무엇을 잘못한 것일까?)

이 길의 주인이 이 길의 주인을 모르듯
뭔가 이상한 일이라고 생각할 때

나는 이제야 너의 마지막 용서를 듣는다

(나는 이제 움직이지 않는 전쟁을 하련다 소리 없이, 향기를 보내는

악공처럼)

그러나, 그렇다 해도
모든 용서가 구원을 말하지 않듯
나는 아직 당나귀
나의 잘못을 모르고 있다

#5.야합에 대하여

바람에게 길을 가리키는
연둣빛 풀잎처럼 너는 찾아왔다
펼쳐진 고원의 하늘과
나무 한 그루 자라지 않는
가릴 것 없는 허허벌판에서
너는 나를 이끌어
파꽃 같은 수줍음으로 누웠지
—내가 두려움에 가득 차

　너의 이름을 묻자

　너는 참 곤란하게 웃었다

그때야 나는 알았다
바다에는 가뭄이 찾아오고
숲은 남벌로 피폐하지만

아무것도 모르는 채
태양은 너의 눈동자 속에서
나를 바라보고 있었다
내 눈동자 속에서 꾸는 누군가의 꿈을
너도 보았는지

그랬는지,
지금 너는 산양처럼 추락하고
지금 너는 독수리처럼 솟구친다
피고 지게
모르는 꽃들은 아무도 모르는 채
피고 지게―깊이, 더 깊이

#6. (잘못을 모르는 저녁)
눈처럼 내리는 당신 생각,
피하지 않아도 젖지 않는 저녁이 오네
그냥 비인 그물에 걸린 물방울처럼
송이송이 빠져나가도록
두네

저녁이 오면 西山 그림자가
대지를 쓸고 발밑을 지나
바다로 떨어지듯

파도치는 절벽 끝에서 아무렇지도 않게
나를, 밀어버리고 가는 당신

당신—나를, 인적 없는데 나리는 폭설처럼
　　자꾸자꾸 쌓이어 어쩔 수 없는 데서
　　덮어버리고
당신—나를, 온 곳에 있는 달처럼
　　가릴 것 하나 없는 초원 한가운데
　　홀로 있게 하네

부끄럽네,
마시는 물속에 잠겨 있는 당신 생각은
해안을 빠져나가는 썰물처럼 그립고
갯벌을 훑고 오는 밀물처럼 사무치네

#7. (다시 봄 편지)

날이 많이 풀렸지요?
흰 꽃 피워 그대에게 한 송이
보내고 싶은 正午ㅂ니다
꽃은 시들겠지만
하고, 이어서는
(영원한 것을 묶어두는 문장이어야겠지만)
나의 참나[25]도 내일이면 시드니

그대가 오늘 이 꽃을 보면
우리의 생이 다하도록
—하겠습니다
다시 추위가 있을까요? 하는
질문은 가능하겠지마는
그건 모르는 일이겠지요
종이꽃에 물을 주는 아이를 보세요
때로는 쇠락함이, 다시 그럴 수 없는
영원을 보여주기도 합니다만
그것도 원래 나타나지 않았던 듯
—하겠습니다
내가 그대를 사랑하는 꼴이
마음에 드나요?
아직 불러줄 노래도 많은데
짧게, 우리 서로의
눈 속에 잠깐, 아름답게
—있었지요

#8. (당신의 장식과 이별하다)

미안합니다
당신의 문을 닫아주십시오
셀 수 없는 날 동안 두근거림으로 두드렸던
하얀 명주 천과 포인트 세피아 색조로 장식된 당신

의 방문을,
　이제는 닫아주십시오
　미안합니다 돌아가지 않을 겁니다
　당신의 문 앞에 하얀 쌀가루로 그린 환영의 장식을
　다시는 밟지 않을 겁니다
　미안합니다 사과가 늦었던 점
　그래서
　당신의 장식들이 추위에 떨었던 걸

　미안합니다
　이유는
　그렇습니다
　이제
　(……)
　혼자이고 싶습니다

#9. (그래서)
아침, 교복을 입은
소년과 소녀의 짧은 키스
전전 정류장을 떠난 버스
(언제나 너무 멀거나 긴)
이별의 순간이여

오늘은 모든 걸 눈앞에서 놓치는구나

—평생을 이렇게 驛의 긴 의자에 앉아 이제 올 기차를 기다리며 하염없이 살고 싶다

#10. (나의 나무, my delight)

※「영산회상」 중 타령 첫 장단을 계속 반복하며 읽는다

뿌리 아래 누워 뿌리의 그물을 쓰고, 일렁이는 물의 그림자—빛 그물이 된 뿌리의 출렁임을 더듬어 만져 보았네

(고—기가고—기기—기구가—고)

동심원의 파문으로 솟구치는

물기둥 속에 새겨진

빛의 나이테

나는 차가운 물 바닥 같아—다시 출렁이는, 딱딱한 것들이 얽히고설켜 만들어내는 부드러움과 축축함—울창함과 헐벗음, 젖고 적셔주는 끊이지 않는 움직임이

(노—니라노—띠리—나니로난—시루)

초원에서 초원으로, 알 수도 없는 갈래를 지어 높고 낮은 데로 고이고 넘쳐 흐르는 강은

나무의 그림자, 육신을 벗고 누워버린 나의 나무—습지에 새겨진 작은 혀들의 위태로운 사랑과 몸을 부

벼 알리는 먼 곳

　그리고

　숲의 취기 ―, 여기가 어딘지 묻는 끝자리의 풍경으
로 스미듯 엎지르듯 아무데서도 고이지 않고, 흐르고
흘러 어디에도 이르지 않는

　(살갱―동―뜰징―홍당―둥)

　더 이상은 없는 어떤 세상의 끝에서

　걷는 나귀여,

　나는 또 낯선 이를 붙잡고 다시

　이미 익숙했던 지명을

　두렵게

　묻고 있겠지

루바토

상왕(商王) 무을(武乙)은 가죽 부대에 피를 담도록 한 후 매달고 활
로 쏘면서 하늘을 쏘았노라고 선언했다 하늘이 피를 뚝뚝 흘렸다

과대망상의 유학자 왕간(王艮)은 어느 날 저녁, 하늘이 무너지려 하
매 자신이 팔을 들어 하늘을 치켜세우고, 질서를 잃은 일월성신을 다시
손으로 정리하는 꿈을 꾸었다 그 꿈을 계시라고 생각한 그는 종이로 붙
여 만든 오상관(五常冠)을 착용하고, 커다란 허리띠를 매고 홀판(笏板)
을 들고 다녔기에 길거리에는 구경하러 나온 사람들이 끊이지 않았다

앵무새야, 너는 너의 새장으로 가자

8. 얼음 호수 쪽으로

1. 불편한 여관—산을 내려오는 나에게 시크와 힌디와 무슬림
이 하는 말이

(내일 우리는 떠날 수 있는가?)
다리는 끊기고 길은 산이 덮쳐버렸다는군
산 너머에는 새들도 날지 않고, 들짐승들도 굴 속에
서 나올 생각을 안 한다는데…… 그런데, 누가 그 험한
꼴을 보았다던가? 저 여관 주인이, 저 요리사가……,
저 여급이?
아무도 본 사람은 없고 소문만 무성한데
사람들은 벌써 자리를 깔고 누워
산 아래 내리는 비 걱정에
산 너머는 이미 흉흉한 현실이 되어버렸네
(내일 우리는 떠날 수 있는가?)
아무도 산 너머에서 온 사람은 없는데
알 수 없는 소문들이 여관을 장악하고 있네
이제는 하나둘 오던 길로 돌아가는 사람들도 있고
담요를 펴 패를 나누는 운전자들도 보이네
이젠 길이 강이 되었다는군

워낙에 험한 길이라더군
내일쯤이면 군인들이 길을 복구할 것이라더군
(내일 우리는 떠날 수 있는가?)
과연 저 길에는 무슨 일이 있었는가?
소문은 굳건하던 이정표를 가리고
사람들은 단지 산 너머를 상상하며
불편한 여관에서 새우잠을 자길 꺼리지 않는다네
우리는 모두 불편한 여관에 있네
산 너머의 소문은 산 너머에서는 살 수 없어
길이 산이 되고 길이 강이 되는 동안
우리는 항상 불편한 여관에서
돈이 떨어질 때까지 잠을 자거나 연속극을 보지
저 여관 주인의 주머니가 두둑해지고
저녁에 나오는 요리가 맛이 없어질 때에야
슬며시 고개를 드는 분노에 비로소
사람들은 이렇게 말한다네
도대체 저 산 너머에는 무슨 일이 일어났는가?

1

—스스로 그렇게 된 사람이 온다
말 등에 얹힌 낡은 안장 위로 스쳐 지나가는 모든
풍경—스스로 그렇게 된 사람이 온다
나는 숲의 귀, 태양의 눈

처음에는 불 속에서,
나중에는 얼음 속에서,
그리고 수많은 모순 속에서
유일하게 단 하나의,
불멸의 모순으로 남아 있는
스스로 그렇게 된 사람이 온다

사슴의 길을 따라 타이가의 숲으로
태양의 길을 따라 파꽃 만발한 스텝으로

이 모든 것의 정신이며
단 하나의 거처인
스스로 그렇게 된 사람이 온다

2

나는 이 반짝이는 바다 호수에서
오랫동안 누군가를 기다려왔다
북방의 소나무 숲 위를 날고 있는 독수리들과
심해의 물고기들과 함께
그리고 개구쟁이 염소와 함께

3

그러나 이 모든 것은 바람 속에서의 일

부는 바람아, 온다
스스로 그렇게 된 사람이
구름을 몰고, 비를 뿌리고, 마른 강을 다시 흐르게
하고, 크고 작은 호수와 호소를 만들며,
그 빛을 작열하게 하고
초원의 길에 꽃을 피우며, 꽃을 피우며
온다
내가 그때를 어떻게 알았겠는가?

나는 가장 사랑하는 이의 장식을 더 장엄하게 하고
누추한 천막에 밤새도록 불을 지폈다
그리고
사막이 석양의 빛을 받아
너의 미세한 영혼을 분홍빛 휘장처럼 물들이고 있
을 때
우리는 낙타를 타고 떠났다

4

술 취한 유목민이 말 등에서 노래 부르며
달빛 호수를 건너고 있다
다시는 돌아오지 않으리라 잔을 나누고
우리는/가고/오고/있다
습지를 말리고 가는 바람과

사막을 설레게 하는 바람처럼
스스로 그렇게 된 사람이 온다
이 모든 것의 정신이며
단 하나의 거처인

돌 속에 나타난 길이여,
바람에 잘 말린 신발이여

저기, 여기, 당신이 서 있는 거기에서
스스로 그렇게 된 사람이 온다

2. 유목의 도시에서;

타이가의 침엽수림에서 스텝의 초원으로
정다운 사슴과 헤어져 늑대의 등에 누워
초원의 밤 가득히 울리는 별들의 노래를 듣는다
아파트 창문으로 펼쳐지는
가을 햇빛에 빛나는 거대한 콘크리트 구름

1

지하철에서 버스로 갈아타고 번화한 사거리의 푸른
신호등 아래서 나는 너를 기다리고 있다
호주머니에서 울리는 말발굽 소리
난데—, 016-714-1227, 너는 늑대의 딸,

우리는 장소 없이 만나고 시간의 국경을 침범해
언젠가,
어디선가 만날 것이다

나는 오늘도 죽음을 무릅쓰고 횡단보도를 건넌다
(건넌다는 것은, 말하자면 운명이다)
;나는 나의 사슴들을 쫓아[26)]
범람하는 강을 가로지르고
강물은 말의 목을 넘어 내 허리를 적시고는
고난의 골짜기, 골짜기로 퍼져나간다
그런 때에야 도시는 먼 소실점으로
비로소 장엄이다
그리고
저 강을 다 건너야 붉은 신호등 아래서
별빛을 마시러 온 목마른 너를 만날 수 있다
여기에 있었구나, 너는 네 손을 잡아
별들이 흐르는 강물 속으로 나를 이끈다

2

그래서?
은하수를 타고
자작나무 꼭대기에 올라갔지

3. 차탄의 노래 ;

사슴을 타고
타이가의 숲 속으로 돌아간다.
돌아가서 나는
나약한 갓난쟁이의 한숨 소리에도
솔아버리는 허약하고
허약한 도시를 건설할 것이다
안은 없고 바깥만 있는 아파트와
숲 속의 술집과
모든 정원은 바다로 통하게 할 것이다

나는 바깥에서 사랑을 얻기 위해 노래한다
운명은 별들의 일일 테고
내일의 양식은
내일의 불행들이 가져다주겠지

그리고 사슴이 이끄는 대로
나의 유목은 이동할 것이다
숲을 지나 개울로
안개 속에서 어둠의 지혜를 배우고

새로운 무지가 밝아올 때까지
거기에 무엇이 있을까,
상상하지 않으리

▶**시작 메모**; 사슴은 대지를 상징하고 자작나무는 하늘과 지상을 연결하는 매개이며, 새는 신의 말씀을 전하는 전령이다. 이 세 가지 상징은 몽골리안을 비롯한 중앙아시아 민족의 이동 경로를 따라 각 시대마다 고유한 모습으로 변형된다. 아서 왕의 전설이 얘기하고 있듯이 어두운 숲에 무리 지어 들어가는 것을 부끄러워하면서 유럽의 개인은 시작되었다. 그러나 동양에서의 (개인은 없다) 참나는 숲에, 자연에, 바깥에 있다.

4. 얼음 호수 쪽으로;

주홍 자전거를 타고 그 사람이 간다

뒤에 딸기를 싣고서 그 사람이

삼각형 주홍 자전거의 빗변에 앉아

작은 바퀴를 굴리며 내 앞에, 내 눈으로, 내가 볼 수 있게

그 사람이 가고 있다

주홍 자전거를 타고 간다

1

도망쳐, 도망쳐, 딸기로부터, 너의 낡은 아버지로부터, 너의 집착의 어머니로부터, 너의 아무 도움 안 되는 형제로부터, 너의 애인으로부터, 너의 질긴 방으로부터, 너의 비루한 조국으로부터……, 도망쳐, 도망쳐, 적도로, 스텝으로, 타이가로, 더 먼 툰드라로, 도망쳐, 도망쳐, 딸기로부터, 딸기로부터 더 먼 얼음 호수 쪽으로

2

하늘엔

지워지지 않는 어지러운 새들의 날갯짓 자국

―별들의 짙은 속눈썹과

세상의 강과 바다엔

환상의 계곡으로 헤엄쳐 간

회유성 물고기들의 안간힘 그

―불멸의 무늬들과

이단의 경전이 독송되는

금요일 저녁의 황혼 ―, 불가능한 말들의 괴로움과
필멸의 죽음으로

3

백색의 차가운 욕망들이 잠들어 있는,

      나는 현기증과 전멸의 언덕을 넘어,

      장미의 곁을 떠날 수 없는 종달새와

      황무지에서 노래하는 올빼미와 함께[27]

      (주홍 자전거를 타고)

      ―얼음 호수 쪽으로

      ―얼음 호수 쪽으로

5. 괴로움;
꽃과 나비를 쫓아, 꽃과 나비를 쫓아
현기증과 울렁이는 여울을 타고
졸음과 죽음을 끌고 겨우겨우
무릉과 도원에 왔네

방금 흘러가버린 것은 무엇이었나
오면 찾으리라 섣불리 여겼던 집
지난 옛집은 찾을 수가 없고
매화였나, 벗이였나, 취해 기대 울던 데가
전봇대였던가, 가로등이었던가

가물가물한 기억은 지층이 사라진 유적처럼
수수께끼로 남고, 옛집은
어느 나무 아래서 어머니와 함께 부르던
노래의 떨림에만 남아

성숙한 여학생들이 풍금 소리에 맞춰 부르던
―성문 앞 보리수, 녹음이 날아가던 숲
이제는 그 설레임만 남아
한때를,
한때의 슬픔과 화사함을 떠오르게 하는
괴로움

작고 흰 꽃들이
흐르는 푸른 강물 위로 지고
좀더 큰
붉고 노란 꽃들이 피어나고
우수수 지고
그러다가 지난 이야기도 잊고
철 지난 옷처럼 무엇도 버리고
지난 옛집은 찾을 수가 없네

돌아갈 수도
나아갈 수도 없는
이곳이 어딘지
여기가 끝이라면,
이게 다라면

좋겠네

1) 『고려사(高麗史)』 「악지(樂志)」 (출처: 한흥섭, 『고려시대 음악사
상』, 소명출판, 2009).

2) Ringwanderung: 환상 방황. 산이나 넓은 고원에서 안개나 눈보
라 등으로 방향을 잃고 같은 자리를 맴돌게 되는 현상을 말한다.

3) 미셸 카세, 『하늘에 관하여』, 박선주 옮김, 동문선, 2006.

4) 힌두 신화.

5) 인간들이여, 그대들이 발견한 지식은 이미 내가 자연 속에 다
숨겨두었던 것. 아직 찾아야 할 것들이 많으니, 그 속에서 법칙
을 찾는 것은 어리석다. 보물찾기에 무슨 법칙이 있겠는가? 그
냥 찾기 어렵게 숨겨두었을 뿐이다.

6) 엘리바가르Elivagar: 안개와 서리의 나라 니플헤임의 한가운데
있는 샘인 흐베르겔미르(Hwergelmir: 울부짖는 솥)에서 발원해
11개의 지류로 흐르는 강. 그 지류로는 서늘한 스볼Svol, 반항
적인 군트라Gunnlðra, 표름Fjorm, 부글부글 끓어오르는 핌불
툴Filvulðul, 무시무시한 슬리드Slid, 활기차게 흐르는 흐리드
Hrid, 슬리그Slyg, 일그Ylg, 드넓은 비드Vid, 번개처럼 질주하
는 레입트Leipt, 얼어붙은 골Gjoll이 그것이다.

7) 북구 신화. 굴베이그Gullveig는 황금에 대한 욕망을 불러일으키
는 마녀다. 오딘은 신이 재물에 욕심을 낸다는 사실을 경멸하여
굴베이그를 세 번 죽이고 세 번 불 속에 집어 던지지만 그녀는
매번 살아난다. 이 불멸을 두고 신들의 전쟁이 일어난다.

8) 인간은 부모와 분리를 겪기 시작하면서 '나'를 확립한다. 사랑
은 '나'가 처음으로 깨지는 장면이다. 사랑이라는 경험을 통해
서 우리는 처음으로 '나' 아닌 타자를 겪게 된다. 너 때문에 죽
고 싶은 것, 너 때문에 살아 있게 되는, 내가 없는 상태, 그래
서 사랑은 살아 있는 죽음이다.

9) 이난다, 「도무지 추잡한 우리들의 성적 취향」, 〈웹진 달나라
딸세포〉 8호.

10) 플라톤이 인간을 '깃털이 없고, 두 발로 걷는 동물'이라고 정
의하자, 디오게네스는 그다음 날 깃털을 뽑은 닭을 학당에 던
져 넣으며 플라톤의 정의를 비웃었다.

11) 도취는 소음이고, 균열이다. 무엇에 틈을 낸다.

12) 크샤트리아 계급의 한 왕이 성자를 찾아와 자신을 천상으로 보
내줄 것을 간절히 요청한다. 왕의 성의에 감동한 성자는 왕을
공중에 띄워 그대로 천상까지 보낸다. 그런데, 천상의 신들이
보니 브라만도 아닌 크샤트리아가 천상으로 올라오고 있는 것
이 아닌가. 신들은 단번에 왕을 지상으로 떨어뜨린다. 자신의
의지를 거부한 신들에 대해 분노한 성자는, 왕을 공중에서 멈
추게 하고 왕이 지상으로 떨어지다 멈춘 천상과 지상의 중간에
(미친듯이) 새로운 우주를 창조한다. 태양과 행성과 은하와,
심지어 새로운 신들까지.

13) 우리는 3차원 공간에 시간의 축을 더한 4차원 시공간에서 살
고 있다. 귀족의 명령으로도 운동을 멈추거나 지연시킬 수 없
는, '냉정한 탈것'인 기차의 등장이 잘 설명해주고 있듯이 이
시간의 축은 근대 이후에 세워진 축이다. 근대의 기획이 시간
의 축을 공간에 세우게 되면서 비로소 우리는 시간을 정량적으
로 계산할 수 있게 되었고, 거기에 맞춰 생활을 계획할 수 있
게 되었다. 그 이전까지 시간의 축은 공간의 세 축 위에 누워

있었다. 근대는 이 누워 있는 시간의 축을 일으키면서 시작되
었고, 결국 세워진 시간의 축은 근대의 남근이 되었다. 시간에
대한 숭배('시간은 돈이다')는 곧 남근에 대한 숭배이다.

14) 냄새는 기억을 지배한다. 우리의 뇌는 약물을 하지 않더라도
육체가 고통받으면 저절로 도파민이라는 뇌 내 마약 물질을 생
성해 고통을 잊게 한다. 냄새는 행복한 고통이고 부분에서 전
체를 구성하는 유일한 감각이다.

15) 나라카naraka는 산스크리트 어로 '밑이 없는, 바닥이 없는 깊
은 구멍'을 뜻하는 말이다. 블랙홀 역시 모든 것을 삼키고 영
원히 내뱉지 않는 나라카와 같은 괴물이다. 블랙홀의 표면은
통칭 사상의 지평선, 혹은 사건의 지평선Event Horizon이라고
불린다. 외부에서는 물질이나 빛이 강한 중력장에 의해 안쪽으
로 빨려 들어가지만, 내부에서는 빛조차도 밖으로 나올 수 없
기 때문에 이러한 이름이 붙었다.

16) 불확실한 시간에서 도망치기 위한 템포의 선택, 루바토, 즉 죽
음으로부터 훔쳐온 시간, 죽음에 되돌려주어야 하는 시간—
미셸 슈나이더, 『글렌굴드, 피아노 솔로』, 이창실 옮김, 동문
선, 2002.

17) 가자Gaza 지구가, 서방 세계의 비호를 받는 유대인들에 의해
핍박받는 이슬람 국가라면, 아르메니아는 주변을 둘러싸고 있
는 이슬람 국가들에 의해 핍박받는 기독교 국가다.

18) 유한하지만 경계가 없는 3차원 우주의 가설에 따라 우리가 우
주의 끝으로 여행을 간다면, 거기서 우리는 우리의 얼굴을, 혹
은 아주 낯선 '자기인 누군가'의 뒤통수를 보게 된다고 한다. 이
우주의 끝에서 만나게 되는 대상이 바로 자기 자신이라면, 정말
그렇다면, 우리는, 기쁠까? 슬플까? 아니면, 죽고 싶을까?

19) 형천(刑天)은 천제와 신의 자리를 두고 다투었다. 천제가 그

의 머리를 잘라 상양산에 묻자 곧 자신의 젖꼭지를 눈으로 삼
고, 배꼽으로 입을 만들어 방패와 도끼를 들고 춤을 추며 끝까
지 싸웠다.—『산해경(山海經)』.

20) 베토벤Beethoven의 피아노 소나타를 자세히 살펴보면 크레셴
도가 어떤 의미로 사용되는지 확실히 구분할 수 없는 경우가
많다. 그의 Piano Sonata 3번 Opus 1, 첫 악장의 경우 51번째
마디에 가서 처음으로 크레셴도를 사용하는데 그것이 "여기는
점점 커집니다"라는 극히 평범한 발언이라 하더라도 그것이
갖는 의미가 과연 "지금까지는 절대로 크레셴도를 하면 안 되
고 여기만 크레셴도 하십시오"의 의미인지 아니면 "여기는 크
레셴도를 더욱더 확실히 해주십시오"인지 아니면 "여기는 크
레셴도라는 것을 잊지 마십시오"인지 혹은 더 나아가서 "여기
야말로 진짜 크레셴도입니다, 언뜻 보기에 마치 디크레셴도일
것 같지만 말입니다!"라는 의미일 수도 있다. 즉 베토벤은 크
레셴도를 악곡 위에 표시함으로 이 '악곡'의 연주 방법에 대해
새로운 의미를 부여하고 있을지도 모르는 일이다. 베토벤은 도
대체 왜 어떤 의미로 크레셴도를 사용했을까? 이 질문을 답하
기 위해 우리는 한발 뒤로 물러서서 생각해볼 필요가 있다. 원
래 인지언어학에서 출발한 기호학에서는 이런 경우를 위하여
간단한 해결 방법을 제시하였다. 크레셴도를 하나의 음악적 기
호로 생각하고 그에 따른 연주상의 해석을 기호의 의미 작용으
로 생각할 경우, 기호의 의미를 정확하게 파악하기 위해서는
무엇보다도 기호를 사용한 사람의 의도를 파악하는 것이 급선
무라는 것이다. 즉 외형적인 조건이나 첫눈에 띄는 의미보다는
베토벤 작품 자체 안에 문제 해결의 열쇠가 있다는 말이다.—
장우형, 「개가 짖습니다」, 〈http://cafe.daum.net/moondng
kookak〉.

21) 사방팔방을 날아다니던 파리가 마침내 자신의 산란관을 자극하
여 알을 낳을 수 있는 특별한 나뭇잎이나 썩은 고기나 똥을 발
견하는 순간, 그녀는 얼마나 강렬한 관능에 몸을 떨겠는가?—
스티븐 핑커, 『언어본능』, 김한영 옮김, 동녘사이언스, 2008.

22) '말하자면 사랑 속에서 존재와 죽음은 무화된다는 것입니다.
우리는 죽지 않습니다. 우리는 불가능한 죽음을 운명으로 부여
받게 됩니다.'—김진수, 『사랑, 그 불가능한 죽음』, 문학과지
성사, 2000.

23) 『탈무드』. 이 말에는 언제 심판의 날이 오며, 언제 약속된 밀
레니엄이 시작되느냐는 유태인들의 신학적 불확실함이 깔려
있다. 기독교의 논리에 따르면 6천 년의 기간이 흐르면(6일 동
안의 천지창조) 이 세상의 역사가 완료되고, 드디어 일곱 번째
의 '새로운 천 년'이 오게 된다. 그러나 태초의 시간이 언제 시
작되었는지 알지 못하는 마당에 6천 년의 시간이 끝나는 시점
을 찾는다는 것은 불가능하다 못해 공허하다. 기독의 신학에서
는 '지금'이라는 시간에 대한 반성은 에덴의 원죄와 맞물려 언
제나 존재하지만 '여기'라는 장소에 대한 문제는 빠져 있다.
'여기'에 대한 무지는 '지금'을 끝없이 유예하게 하며, 필연적
으로 자연(장소)을 자신의 몸으로 인식하지 못하게 한다. 결국
몸에 대한 무지는 자연에 대한 무지이다.

24) 이타카에 돌아온 오디세우스를 알아본 사람은 (그의 아내와 아
들을 포함하여) 아무도 없었다. 그러나 그가 기르던 눈먼 개만
은 그를 알아＝본다(눈이 와).

25) 진아(眞我: Atman)— 우파니샤드는 살아 있는 모든 것에 스
며 있는 일원적인 실재를 제시하고 있다. 그와 같은 절대적인
실재를 브라만이라고 하는데, 이것은 개인적인 영혼인 아트만
과 하나이며, "neti, neti(아니다, 아니다)" 오직 부정에 의해

서만 얘기되어진다〔불교의 무아(無我)는 우파니샤드 철학의 아
트만을 부정하는 데서 출발한다〕. 벵골 출신의 힌두 개혁가 라
모훈 로이(1772~1833)는 베다 문헌을 깊이 숙독한 결과 힌
두교는 다신교가 아니라 근본적으로 일신교라는 생각을 갖게
되었다. "현자들이 그것에 다양한 이름을 붙이는 것일 뿐, 진
리는 오로지 하나다."―『리그 베다』.

26) modern nomad. '초원의 길'이 있듯이 고대 유라시아에 '이끼
의 길'이 있었다. 타이가와 툰드라를 배경으로 살아가는 순록
유목은 양과 소를 몰고 초지를 찾아가는 방식이 아니라, 순록
떼를 발견하면 그들 옆에 천막을 치고 살다가 무리와 어울리지
못하는 약한 순록을 솎아내서 식량으로 삼고, 계절이 바뀌어
순록 떼가 이동하면 천막을 걷어 순록의 등을 타고, 순록이 이
동하는 곳으로 가서 순록이 정착하는 동안 같이 정착하는 방식
이다. 여기에는 인간의 의지가 최소한으로 개입한다. 유목이
아니라 소요에 가깝다. 바깥이 이끄는 삶. 이것이 21세기의
'모던 노마드'이다.

27) 머나먼 옛날 새들의 왕인 시뮈르그는 찬란한 깃털 하나를 중국
한가운데에 떨어뜨렸다. 현재의 무질서에 지친 새들은 모두 이
깃털 하나를 단서로 왕을 찾아 나서기로 하였다. 처음에 새들
은 몹시 두려워하였다. 그러나 마침내 몇몇의 새들이 어려운
모험을 실행에 옮겼고 그들은 일곱 개의 언덕과 바다를 건넜
다. 대부분의 순례자들이 중도에서 포기했거나 가는 도중에 죽
고 말았다. 그러나 최후까지 고난을 이겨낸 30마리의 새들은
마침내 시뮈르그의 산에 도착할 수 있었다. 그리고 거기에서
그들은 자신이 바로 새들의 왕 시뮈르그(30마리의 새)라는 것
을 알았다. 따라서 시뮈르그는 바로 이러한 고난을 이긴 새를
의미하는 것이며, 한편으로는 이들 전체를 의미하기도 한다.

언어의 연옥, 존재의 피안

강 정

1

> 황홀경은 중력의 중심점을 갖지 않는 게 아니고
> 그것의 외부에 있음이다.
> ─미셸 슈나이더, 『글렌 굴드, 피아노 솔로』

해가 바뀌던 첫날 새벽(얼추 축시에서 인시로 넘어갈 무렵이다), 함성호의 네번째 시집 교정지를 처음 완독했다. 목덜미를 오그려 붙게 만드는 이명과 무시로 출몰하는 허깨비들의 작란(作亂) 탓에 심신이 곤죽이던 상태였다. 반인반수가 된 듯한 불면의 밤 한가운데 기묘한 기운이 출렁거리는 걸 느꼈다. 그건 처음 '이상한 소리'로 다가왔다. [1]

----

1) 시집 해설을 빙자한 이 난삽한 글은 어쩌면, 그 '이상한 소리'의 형태와 연원을 밝히려드는 나만의 협잡질일 수도 있다. 그건 차마 뱉지 못할 말들에

귀를 틀어막을수록 더 강하게 진동하는 무슨 마찰음 같은 것이었다. 밤의 적막은 신경의 비약을 턱없이 용인하는바, 어긋난 우주의 요철(凹凸) 틈새에서 지상으로 전파하는 그 기별이 그런데, 징그럽게 정겨웠다. 조화와 궁휼의 사운드는 분명 아니었으되, 단전에서부터 머리끝까지, 스멀스멀 혈관을 가로지르며 숨통을 죄었다 풀어놓는 그 소리는 악의는 없으나 심히 편안하지만은 않은 누군가의 미소를 연상케 했다. 지극하고 심원한 정한(情恨)의 끄트머리에서나 볼 법한 무색무취의 눈웃음. 그 미소를 초야의 호롱불인 양 오랫동안 눈을 감고 음미하다가 잠깐 눈을 떴을 때엔, 누군가의 어머니 얼굴, 담뱃진에 찌든 할머니 냄새, 바다가 내려다보이는 벼랑 끝에서 유린당한 누이의 시체 따위가 눈꺼풀 안쪽에 들러붙었다("왜 모든 질문은 여성의 것일까?", p. 116). 그 순간, 어두우나 밝고 차갑지만 뜨거운 어떤 구체(球體)가 뇌리에서 공회전하기 시작했다. 나는 그게 한순간 누군가의 미미한 육신에 포획된 지구의 본체가 아닐까, 과도하게, 그리고 선명하게 착각했다. 그러면서 몸속에 뚜렷한 나선으로 번지는 소리의 맥을 좇아 속 깊이

<hr>

게 불가피한 언로(言路)를 힘겹게 열어두는 일이자, 함성호의 시집에서 촉발하거나 남겨진 어떤 잔향들을 내 몸에 새기기 위한 불우한 염탐이기도 하다. 좋은 시집은 각기 마디들이 전체를 향해 통으로 반향하는 커다란 나무 그늘과도 같다. 땀을 식히든, 용변을 보든, 은밀히 나쁜 짓을 하든, 통곡을 하든 나무는 자신의 뿌리 앞에서 무슨 일이 벌어지는지 알 수도 없고, 알 필요도 없다.

옹알거렸다. '착각은 신의 감각이다. 존재의 내부는 우주의 절벽이다("왜 깊고 넓은 것들은 모두 어두운 걸까?", p. 15).'

음악 공연에서 연주자들이 때로 눈을 감는 이유는 자신이 만들어내는 소리를 듣기 위해서가 아니다. 연주자들은 소리를 보기 위해서 눈을 감는다. 연주자의 귀는 고막 안으로 굽어들어 몸 안에서 응결되는 소리의 형상들을 귀 바깥으로 둥그렇게 펼친다. 연주자의 귀는 듣기 위해서가 아니라 소리 내기 위해 작동한다. 그리고 눈은 (일순간 절멸한) 만상(萬象)의 뼈다귀들을 추려내는 끌로 작동한다. 소리가 외부로 확산할 때, 외부를 차단한 망막 안엔 음의 파동으로 형성된 이 세계의 단속적인 얼개가 떠오른다. 육신의 모든 구멍들이 벌어지는 동시에 스스로를 공명통 삼아 안으로 폐쇄되는 순간, 소리가 연주자의 바깥으로 미끄러진다. 소리는 사라지기 위해 나타나고 영원히 잊히기 위해 부푼다. 그렇기에 소리를 만들어내는 일은 불멸의 것을 낳기 위해 스스로 불구를 감수하는 인간의 허망한 의지를 표상한다. 소리는 존재하지 않는 거대한 산의 정상과도 같다. 생각하지 않거나 느끼지 않으면 부재하지만, 생각하고 느끼는 순간, 그것은 인간의 어떤 정념 앞에서 수수께끼 같은 표정을 지으며 생의 전면에 커다란 그늘을 드리운다. 그러면서 끝끝내 실체를 드러내지 않는다. 그 앞에서 인간은 만감을 상실하거나 사소한 바람 소리에도 영혼 일체를

고스란히 헌납하게 된다. "불멸을 멸한 것이 아니라, 아무
도 연주할 수 없는 악보로/불멸이 멸했으니"(「시인의 말」),
삶은 더는 한 존재의 확립에 분투하는 유한한 자아의 퍼레
이드가 아니다. 삶은 이제 우주에 버려진 시간의 넝마에
지나지 않는다. 그 넝마를 껴입고 최초로 눈뜬 자가 직면
하는 어둠은 환희에 가깝다. 그런데 그 환희는 공허하다.
음악이란, 아니 모든 물상의 윤곽들을 삼키며 공전하는 소
리란, 그렇게 짧은 순간, 우주의 중심을 관통하며 스스로
를 지운다. 지워지기 위해 존재하는 것. 그 짓을 어떻게
제정신으로 하겠는가.

2

너는 달처럼 나를 괴롭혔어.
네가 고통과 무명이라는 낡은 율법에 묶여 있었다는 것을 알아.
나는 불구자의 지혜가 두려워.
—레너드 코언, 『아름다운 패자』

　환각은 정밀한 지혜와 감각의 소산이라고 나는 감히 말
한다. 그 수통맞은 지혜와 감각은 개인의 안위나 영달을
위해 쓰이는 게 아니다. 그것들은 되려 개인의 협소한 정
신 능력 바깥의 일들을 추스르고 다스리는 데 쓰인다. 이
를테면, 존재하는 모든 것들의 연원이나 개념과 분별이 확

립되지 않은 상태에서 사물의 본성에 즉자적으로 반응하는
일. 그렇게 더듬더듬 소리를 내며 언어 이전의 공황 속에
서 몸의 모든 기관들을 각각의 존재 양태로 낯설게 되새기
는 일. 언어는 한갓 현세의 이해와 오해 속에서 명멸하는
인식의 파편에 불과하다. 그럼에도 언어는 한시적으로 세
계의 질서를 선취한 자들의 칼이고 방패였다. 그러면서 동
시에 칼을 버린 자의 빈손이었으며 방패를 뺏긴 자의 적나
라한 심장이었다. 문학(가들)은 오랫동안 언어를 이기려
하고, 언어에 버림받았으며, 언어의 바지춤을 붙든 채 교
언영색의 처세를 연마해왔다. 그러니 이제 제대로 버리고
버림받을 때가 되지 않았을까. 언어로 말해질 수 없는 존
재의 숨겨진 양상들에 대해 언어의 바깥에서 그림을 그려
봐야 하지 않을까.

    나는 말하면서 말해지고 있었다 그리면서 그려지고 있었
다 그때, 나를 그리고 있는 자의 검은 말씀이 부러졌던 때
더 이상 나는 그려지지 않았다 나는 그려질 수 없었고, 그때
서야 말은 이성이 되었다 (p. 17)

“나를 그리고 있는 자”는 누구인가. 아니, 애초에 ‘나’
란 누구이고 ‘무엇’을 그리려 했던 것인가. 더 나아가 그
‘무엇’은 ‘왜’ 그려야 하는가. 하지만 공연히 존재의 알쏭
달쏭한 육하원칙 따위를 여기서 재확인하거나 부언하고 싶

지는 않다. 한 사람이 느닷없이 언어의 부림을 당하고 언어와 씨름하다가 "바깥의/사유로 인해 접혀"(p. 27)버리는 경우란 논리나 본능 이전에, 삶의 미시적인 부분 요소들이 일시에 소용돌이로 충돌하는, 총체적인 통각의 문제이다. 그러니 그건 시인 스스로도 설명 불가능하다. 설령 어떤 사적인 계기와 동기가 애기되어질 수 있다 하더라도 시가 출발하는 정확한 지점을 찍을 수 있는 생의 지도란 생전에도 사후에도 존재하지 않는다. 다만, 어떤 풍경이 있고, 그 풍경에서 느껴지는 이 세상 안의 낯선 질서가 때로 발견되고, 그리하여 삶의 패턴과 언어의 육질이 사뭇 이질스럽게 변경되는 언어의 연옥, 존재의 피안이 설정될 수 있을 뿐이다. 가령, 이런 식으로.

　　　봄은
　어떤 죄의식으로 꽃을 피우는 걸까?
　살구나무 아래 세워둔 은색 승용차는
　바다가 보이는 언덕에서
　부정한 떡을 나눠주던 흰 꽃상여처럼
　어지럽게 장식 받고 있다
　바다가 보이는 언덕에서
　시든 꽃 같은 흰 떡을 받은 적이 있다
　처참하게 피었구나
　四方을 잃고 입안은 사막 같아라

갈증으로

먹지 못하고 들고 서 있던

바다가 보이는 언덕 (뒤집힌 글자)

꽃상여 옆에서

새끼줄로 허리를 묶고 서 있는 죄인들

서약의 피를 버린 숲

잎과 잎 사이에서

무성함에서 우거짐으로

지상으로 밀고 들어오는 빛 (pp. 28~29)

위 구절에서 시인은 "바다가 보이는 언덕"에 서 있다. 그런데 시인이 자신의 처소를 무시로 환기할 때마다 그곳은 망막에 맺힌 상처럼 "바다가 보이는 언덕(뒤집힌 글자)"로 뒤집어진 채 나타난다. 시인은 문장을 역상으로 배치함으로써 그것을 말하고 '그려낸다.' 이를테면 외부로 향하던 시선을 자신의 망막 안으로 일순간 굴절시키는 것이다. 그럴 때 풍경은 외부에서 내부로, 다시 내부에서 외부로 동시에 접히게 된다. 이제 안이 밖이고 밖이 안인 영혼의 점이지대가 열린다. "말"은 바깥으로 날아가고 "그림"은 몸 안에 별자리를 펼친다. 어둠은 빛이 되고 색과 형이 난분분하게 펼쳐진 봄 바다의 풍경은 시인의 몸 안에 내장된 기억의 파노라마 속에서 단속적인 스냅으로 치환된다. 몸 안의 소요가 풍경에 얼룩을 남긴다. 시선 바깥의 "빛"이 눈꺼풀 안에서 바스라진다. 저승과 이승, 지상과 허공이 접붙는 그곳에서 시인은 "봄"이 "꽃"을 피우는 근저에 모종의 "죄 의식"이 있지 않을까 의심한다. "죽고 싶어라, 죽고 싶어 라"(p. 28). 시인은 자괴하면서 신명을 낸다. 악마와 천사 가 수시로 가면을 바꿔 쓰며 시인을 괴롭히고 부추긴다. 어둠 속에 빛살을 긋고, 그어진 빛의 틈새에서 다시 어둠을 꺼낸다. 세계는 적막하고, 동시에 요란스럽다. 이 자지러 지는 '고통─환희'는 능동태가 아니라 전적으로 수동태이 다. 우주나 자연은 정복 대상이 아니라 피정복의 사태일 때, 비로소 정체를 분명히 한다(등반자의 탐욕으로 에베레 스트가 정복되는 게 아니라, 자연의 겸양으로 인간은 신의 등 덜미에 잠시 안착한다). 그 안에서 시인은 "말하면서 말해 지고" "그리면서 그려"(p. 17)진다. 그러면서 스스로를 지 워 우주의 한 빛깔, 어둠의 한 소절, 이승의 잊을 수 없는 한 식경으로 산화한다. 그렇게 봄날의 꽃들은 저주의 입술 인 양 뾰로통 피어난다. 그가 도대체 무슨 말을 하고 있는 지 그 자신은 알까.

3

"단 한 번의 시선이 열정을 불사르고,
암살을 자행하고, 전쟁을 터뜨린다."

그 시선은 누구의 것일까?

눈의 사정력(射精力)
—로베르 브레송

시인은 이미 "자기를 바라보는 눈은 의심이거나 심연"
(p. 15)이라고 말한 바 있다. 풍경이 시선 안으로 굽는 것
도, 문장을 역상으로 뒤집어놓은 것도 그렇다면 어떤 '죄
의식'의 소산일 터이다. 물론 그 죄는 인류 기원이나 생사
의 숙명과 연관된 것일 뿐, 현세의 법률과는 크게 상관없
다. 어쩌면 그 죄는 외부로 직진하던 시선이 불현듯 자신
을 굽어보는 순간, 거대한 구름의 그림자처럼 드리워진 것
인지 모른다. 그건 어떤 의도 없이 범하는 죄이다. 그 죄
는 목적을 갖지 않은 욕망이 부지불식간에 쏘아본 뭇 생명
들로부터 고발당함으로써 발생한다. 이른바 천기누설 내
지는 삶이라는 노상에서 마음대로 속곳을 펼쳐 영혼을 방
뇨한 죄. 시인은 자신에게 발가벗김을 당한 풍경의 정수들
에 의해 어둠의 신탁자 앞으로 소환된다. 처벌은 언어 파
탄의 질곡에 사로잡히는 것이다. 현세의 빛을 방기한 채
감히 자신의 내부, 생명의 내부, 우주의 내부를 굽어본
죄. "차마와 감히의 두통과 초조함" 속에 스스로를 은폐한
채 "절기의 부작용"(p. 29)을 자신의 것인 양 엄살떨며 세
계의 골상을 두 손 안에 펼쳐놓으려 한 죄. 그러나, 그것
은 용서를 빌 수도, 빌 필요도 없는 떳떳하고 불가피한 죄

이다(또는, 자신의 생의 의지와는 '때로' 무관한 타인의 죄이다. 그 타인은 누굴까?). 시인은 언어의 굴레 안에서 되레 호방하게 외친다. "돈을 탕진하고, 육신을 탕진하여/자신의 죽음을 장식하는 이의 삶은 얼마나 아름다운가—"라고. 그리고 그전에 어머니를 향해 이렇게 애원한다. "어머니, 제발/이제 저의 장수는/빌지 마세요"(p. 32). 당당히 죽으려 하나 목숨을 놓아주지 않는 혈육과 현세의 질곡. 이것은 꼭 시인과 언어와의 관계를 연상케 한다. 시인은 언어의 창조자 또는 주재자라기보다 차라리 언어에 겁간당한 자에 가깝다. 어느 날 뇌파를 급습한 우주 분열의 지도가 뒷덜미를 조르며 헛구역질이라도 내뱉으라고 소리칠 때, 시인은 오장육부 전체가 혀가 되어 세계의 숨겨진 틈을 핥는다. 그때 나오는 말들은 결국 "저승의 유행가"(p. 83)로 희미하게 메아리치다 "한번 떠나온 뒤로,/다시는 들리지 않"(p. 104)게 된다. 그 소리의 끝을 좇아 시인은 다시 자신의 눈 속을 들여다보고, 어둠 속에 소리를 묻고, 자신의 죄를 스스로 벗어 "연기(緣起)가 없는 존재"(p. 77)가 되어 사라지기를 꿈꾼다. 그러나 그럴 수 없다. 소리는 "연기"가 없지만 언어는 그것을 탄생시킨 현세의 법칙과 규율 안에서 무수한 인연의 끈을 엮어 시인을 옥죈다. 아무리 "어둠이 내 유일한 인사"요 "유일한 빛"(p. 78)이라지만, '어둠 속의 기쁨' [2]은 침묵을 낳을 뿐이고 침묵은 그 누구의 귀도 고려하지 않는 법이다. 침묵의 소리는 결단코 언어로 윤색되거나 설명되어지지 않는다. 그 어떤 말보다도 육체적이고 선연하기에 외려 말을 파탄으로 몰아가고 의미의 블랙홀 속에서 세계의 질서를 조롱하게 된다. 그러나 궁극의 승자는 여전히 언어를 부리는 자다. 그는 언어와 육체는 애초에 분리된 것이라는 고루한 이분법의 신봉자이다.[3] 말을 잃은 자는 세계로부터 벗어나지 못한 채 세계에 구속된다. 언어의 집정자는 침묵의 사제를 그만의 방식으로 교살하려 한다. 침묵하려는 자는 그러나 그만의 죽음의 방식을 그리고 있다. 또는, 죽음이 아니고서는 그의 견고한 혀를 현세의 논리로 풀어헤칠 수 없다. 그때 침묵하려는 자가 할 수 있는 유일한 방법은? 그렇다, "몸을 망치지 않고서/어떻게 내가 이 모순을 바로 볼 수 있으랴"(p. 70). 차라리 피를 부르는 것이다.

        그럼에도
        눈물이 이삭이 되고
        봄이면 피는 꽃들은

---

2) 역주(p. 11) 참조.

3) 흔히 말하는 '로고스 중심주의'는 서양 철학 담론의 유구한 우상이자 한계이지만, 이 땅에 유입된 모든 외래 학문, 그것도 유행의 첨단을 이끌며 '로고스 중심주의'를 해체·재구성하려던 유럽의 학문은 여전히 로고스의 형식 안에 갇혀 있다. 언어의 뻘늪에서 몸을 풀어내는 것, 그건 이 땅에 언어의 심급을 유린하는 신종 광대의 씨를 뿌리는 일이다. 수사와 현학의 물때여, 쫙 물러나주시라. 벌교의 꼬막처럼 대지의 음문(陰門)을 벌리리라.

학살자들의 철모 위에서도 다시 아름다웠다

울어라 새여, — 금남로에도, 이리얀자야에도, '프라찬다
의 길'에도, 키르쿠크에도

그리고 왜 아름다움은 창녀처럼 곳곳에 있는지

그리고 나는 들었다

학살자들과 학살당한 자들이 찾는 아브라함의 기도를

그리고 나는 들었다

그 사람이 말하는 칼과 반목을

분명

찬양보다는 조롱이 그리운 밤이다 (pp. 90~91)

인류의 전장엔 영원한 악도 선도 없다. 모든 싸움은 선
악의 다툼이 아니라 각기 다른 개체들 간의 존재 양상의
마찰이자 그로 인한 정당하거나 억울한 분풀이에서 촉발한
다. 그것은 자연의 엄밀한 법도를 따른다. 그런 의미에서
모든 전쟁은 성전(聖戰)이다. 적이든 자기 자신이든 싸우
지 않고는, 죽이고 죽지 않고는, 인간은 스스로의 존엄을
선취할 수 없다. 전쟁은 평화의 가식을 감추기 위한 위악
의 가면이다. 그 까닭에 때로 전쟁은 축제로 여겨지기도
한다. 그런 의미에서 "인생의 가장 큰 즐거움은 적을 추격
해 쓰러뜨리고 그들의 소유물을 독차지하며, 여자와 아이
들이 울부짖는 소리를 듣는 것이라던"(p. 114) 사내의 일
생을 순전한 악이라 매도할 수 있는 인간은 이 세상에 존

재할 수 없다. 그 역시 그 나름의 삶의 미궁 안에서 그만
의 어둠을 목도했던 건지 모른다. 그가 죽인 "여자"와 "아
이" 들의 시체가 썩고 그 위로 길고 긴 바람이 지나간 다
음, 시간과 담합한 풍문들이 또 다른 칼과 방패를 들고 사
내의 영혼을 부관참시한다. 지구 어디선가 때 아닌 피바람
이 몰아치고 그 혈흔에 감응한 누군가 마음의 현을 공기 중
에 조율해 이 기나긴 영욕의 파토스를 천연스레 읊조린다.
"썩지만 않는다면 죽음도/옆에 두고 친할 만하"(p. 111)
지 않은가. 그 '썩지 않는 죽음'이 몸 안에 고이고 고여 대
지의 밑뿌리로 누누이 흐르지 않는다면, 그리고 그 역사와
언어를 초월한 이야기들이 조직하는 한시적인 음계에 몸을
떨지 않는다면, 누군가의 밤을 우주 끝까지 밀어붙이는
'참혹—찬연'한 '시의 시름'은 더 이상 진행되지 않을 게 분
명하다.

4

완전한 球가 있다면
완벽한 그것을
완전히 뒤집어
당신에게 보여주고 싶습니다 (p. 111)

시는 고로, 앓는 일이다. 제 몸이 어디가 병들었는지 모

르는 상태에서 문득 내뱉은 각혈처럼 오리무중한 병증이자, 그 선혈을 보고도 무심히 다른 생각에 빠져드는 방관자의 헛기침이다. 스스로부터 멀어지면서 우주와 가까워지고 '연기'의 끈을 놓으려다가 그 안에 사로잡히고야 마는 이 지난한 굴레 안에서 시인은 "비참한 수식 하나도 가지지 못한 채 늘 그것을 찾아 떠도는 언제나 헤진 신발을 신은 자이다." 그 "헤진 신발"의 방황은 그 끝을 알 수 없기에 도저하고, 중간에 멈추어 작파하는 순간 흔적도 없이 사라진다는 점에서 공허한데, 그 '공허'는 함성호가 둥그렇게 엮어놓은 "무한 반복 재생되는 문장의 시제"(p. 95)처럼 어두와 어미가 맞붙은 채 시작도 종결도 없이 순환한다는 데에서 '발생'한다.

태양계가 블랙홀 속으로 사라져가는 모습을 슬프게 바라보다가 운 적이 있는 다음 생엔 다시는 별의 운명으로 태어나지 말아야지 하며 사건의 지평선을 걷고 있는 내 모습을 보고 있던 나는 (p. 95: 원환 풀이)

앞서 나는 '공허'가 '발생'한다고 말했다. 이건 어쩌면 물리학적으로 잘못된 표현일 수 있다. '공허'는 정말 '발생'할 수 있는 것일까. '공허'는 '발생' 이전에 떠도는, 부재하는 것들의 입김이 아닐까. 시는 그 '부재의 입김'을 존재의 표면에 투과시켜 거기에서 발생하는 열기와 소리를 언어로 음각하는 일이 아닐까. 이를테면 생의 불명확한 악절 사이에 불시에 침범하는 '루바토'의 작란 같은 것. "죽음으로부터 훔쳐온 시간, 죽음에 되돌려주어야 하는 시간"[4]엔 의미와 논리의 뼈대마저도 솎아낸 언어가 그 자체의 속도감만으로 빠르게 공전한다. 그것들은 다만 "말하면서 말해지고 그리면서 그려"지기에 기존의 논리 체계가 가진 직선적 시간 원칙을 갖지 못한다. 그래서 계속 뱅글뱅글 돌면서 무(無)의 그림자를 크게 부풀린다. 언어는 그 둥그런 무의 외연을 감싸는 허깨비일 뿐, 만지면 부스러지는 낙엽의 잔해가 나무의 기억을 잃었듯, 본래 지시하고 지시받던 상징계의 질서로부터 훌쩍 이탈해 있다. 그것은 다만, 누군가의 육체 속에, 또는 어둠 속에서 눈을 감지 못하는 어떤 이의 첨예한 불안과 고독 속에 파리한 이명으로 떠돌며 심연의 수레바퀴를 돌린다. 우주가 몸 안에 들어차 물 먹은 도살장의 소처럼 끔벅끔벅 눈짓으로만 존재

---

4) '미주 16'에는 미셸 슈나이더가 쓴 글렌 굴드 전기의 한 구절이 인용되어 있다. 그 책에서 몇 줄 인용한다.
　"예술은 존재하지 않을 수도 있을 뿐 아니라, 반드시 그렇게 되어야 한다. "나는 예술에 자신만의 소멸의 기회를 주어야 한다고 믿는다." 굴드더러 예술을 위한 예술의 지지자라고, 상아탑의 은거자라고 꾸짖은 다음에 예술의 죽음을 바랐다는 비난까지 덧붙여야 할까? 그의 의도는 그렇지 않았다. 그는 관념론자가 아니었으며 예술에 반(反)한 예술, 죽음의 예술—그를 사로잡는 무(無)로부터만 의미를 취하는—을 말할 수 있는 하나의 선을 그렸을 따름이다."—미셸 슈나이더, 『글렌 굴드, 피아노 솔로』, 이창실 옮김, 동문선, 2002, p. 158.

를 시위할 때, 그렇게 죽음이 기꺼이 내 몸을 뚫고 나와
그 아득한 실감을 어두운 지구 표면에 스캔할 때, 비로소
만물이 품고 있던 시가 첫울음 울고 닫혀 있던 미망의 뒤
통로에 사자(死者)의 눈빛이 번득인다. 사정이 이러하니
이런, 시가 함성호를 놓아줄 낌새가 안 보인다. "죽으면
냄새만 처먹고 산다는"(p. 47) 웬 똥개새끼처럼 그의 낭
심을 꽉 물고 있다. 이것은 축복인가, 저주인가.

5

　뒤늦었지만 부언하는 엉터리 해제 몇 개. 이 시집은 모
두 여덟 개의 큰 제목 아래 다섯 개의 '루바토'로 구성돼 있
다. 개별 제목을 단 스물다섯 편의 시들은 요컨대 둔주곡
의 형태로 전체 주제의 각론들을 반복하면서 솔로를 연주
한다. 주제부는 대개 수동적인 침잠을 요구하지만, 솔로에
서는 '집중된 여유'와 자유로운 감정이입이 주로 발휘된다.
남세스러움을 무릅쓰고 감회를 고백컨대, 세밑의 달그림
자 아래서 교정지를 만지작거리다가 울음을 터뜨리게 한
시가 있다. 그 시를 마지막 앙코르로 자청하며 글을 맺음
하기로 한다. 시집 한 권은 곧잘 시 한 편으로 강력히 압
축되곤 하는 법. 움푹 눌러 심히 아프게 반응하는 부위가
있다면, 그곳이 바로 만병의 근원이자 만사형통의 입구 아

니겠는가. 아, 그리고 마지막으로 시집 제목에 관한 것. 함성호의 발언에 의하면 '키르티무카'는 '영광의 얼굴들'이란 뜻이라는데, 아무렴 어떤가. '키르티무카 키르티무카 키르티무카 짝짝짝'하면서 리듬을 타고 놀다 보면(마치 '루비트'(p. 26) 모음 훈련하듯이) 음과 양이 저절로 통해 몸의 기운이 열리고 굳었던 근육에서 동면하던 새가 포르르 날아오를지도 모를 텐데. 시는 어쩌면 칭기즈칸 부대의 종마 같은 것인지도 모른다. 말을 해부해버리고 나면 당최 뭘 타고 이 광활한 지구를 달려 "얼음 호수"(p. 133)에 닿을쏘냐.

어머니 전 혼자예요

오늘도 혼자이고 어제도 혼자였어요

공중을 혼자 떠도는 비눗방울처럼

무섭고 고독해요

나는 곧 터져버려 우주 곳곳에 흩어지겠지요

아무도 제 소멸을 슬퍼하지 않아요

어머니 전 혼자예요

오늘도 혼자이고 어제도 혼자였어요

고요히 솟아오르는 말불버섯 홀씨처럼

어둡고 축축해요

나는 곧 지구 부피의 여덟 배로 자랄 거예요

아무도 이 거대한 가벼움을 우려하지 않아요

여기에는 좁쌀 알만 한 빛도
쓰레기 같은 정신도 없어요
혼자 생각했어요
연기(緣起)가 없는 존재에 대해서
그리고 우연이야말로 우리가 믿는
단 하나의 운명이라는 것에 대해서

타이가의 호수에서 보았지요
안녕하세요? (하고) 긴 꼬리를 그으며
북반구의 하늘을 가로지르는 별똥별을
안녕? 나는 무사해
어둠이 내 유일한 인사였어요
이것이 내 유일한 빛이었어요

나의 우주에 겨울이 오고 있어요
나는 우주의 먼지로 사라져 다시
어느 별의 일부가 될 거예요
새로울
나의 우주는 아름다울까요?

혼자 생각해봐요

이 무한에 내릴 흰 눈에 대해서
소리도 없이,
소·리·도·없·이·내·릴·흰·눈
에 대해서

어머니 전 혼자예요
혼자 밥을 먹고 혼자 울지요
나는 어디에 있나요?
내가 지금 있는 곳이 어딘지
누구에게든 알려주고 싶어요
모든 것이 사라진 다음에도
아름다움은 있을까요?

거기에, 거기에 고여 있을까요?
존재가 없는 연기(緣起)처럼
검은 구멍처럼

어머니 전 혼자예요
쇠락하고 있지요 (pp. 77~78) ▨